A

Die großen Romane
Band 71

»Die Leute wohnen im selben Haus, schlafen im selben Bett oder nur durch dünne Wände getrennt, sehen sich dreimal am Tag zu den Mahlzeiten und fallen eines schönen Tages aus allen Wolken, weil sie nichts voneinander gewusst haben.«

Georges Simenon, geboren 1903 im belgischen Lüttich, gestorben 1989 in Lausanne, gilt als der »meistgelesene, meistübersetzte, meistverfilmte, mit einem Wort: der erfolgreichste Schriftsteller des 20. Jahrhunderts« *(Die Zeit)*. Seine erstaunliche literarische Produktivität (75 Maigret-Romane, über 117 weitere Romane), viele Ortswechsel, zwei Ehen und unzählige Frauen bestimmten sein Leben. Rastlos bereiste er die Welt, immer auf der Suche nach dem, »was bei allen Menschen gleich ist«. Das macht seine Bücher bis heute so zeitlos.

Georges Simenon

Tante Jeanne

Roman

Aus dem Französischen
von Inge Giese

Atlantik

Die französische Originalausgabe erschien 1951 unter dem Titel
Tante Jeanne im Verlag Presses de la Cité, Paris.
Die deutsche Erstausgabe erschien 1990 im Diogenes Verlag.

*Atlantik ist ein Imprint
des Hoffmann und Campe Verlags, Hamburg.*

1. Auflage 2022

www.hoffmann-und-campe.de
Umschlaggestaltung: Rothfos & Gabler, Hamburg
Umschlagabbildung: © Plainpicture / whatapicture
Satz: Dörlemann Satz, Lemförde
Gesetzt aus der Stempel Garamond und der Ano
Druck und Bindung: GGP Media GmbH, Pößneck
Printed in Germany
ISBN 978-3-455-01342-9

HOFFMANN UND CAMPE

Ein Unternehmen der
GANSKE VERLAGSGRUPPE

1

Auf dem Bahnhof von Poitiers, wo sie umsteigen musste, hatte sie nicht mehr widerstehen können. Ein Dutzend Mal war sie am Bahnhofsbuffet vorbeigegangen, hatte ihren Koffer hinter sich hergeschleift und die Vorübergehenden angerempelt. Sie spürte eine Beklemmung, und die machte ihr Angst. Je näher sie ihrem Ziel kam, desto häufiger spürte sie diesen Druck. Es war wie eine große Luftblase – bestimmt so groß wie eine ihrer Brüste –, die unterhalb der Kehle saß, ihre Organe zusammendrückte und einen Ausweg suchte, während Jeanne unbeweglich wartete und Todesängste ausstand.

Sie würde einen Kaffee trinken. Sie hatte sich fest vorgenommen, nur einen Kaffee zu trinken. Als sie dann aber an der Theke vor dem Kellner stand, der mit aufgekrempelten Ärmeln die Gläser spülte, hatte sie gestottert und gespürt, wie ihr die Röte in die Wangen stieg.

»Ein kleiner Cognac dazu würde mir bestimmt guttun. Ich fühle mich nicht gut, sicher wegen der Hitze.«

Es war tatsächlich ein ungewöhnlich heißer Augusttag. Die großen Ferien hatten begonnen, und der Schnellzug, mit dem sie aus Paris angereist war, hatte die vielen Urlaubsreisenden fast nicht aufnehmen können.

Verlegen stammelte sie, während sie in ihrer Handtasche nach Geld kramte:

»Geben Sie mir noch einen.«

Dies war bestimmt nicht der Grund, weshalb die Leute sie anstarrten. Schon zuvor hatte sie diesen Eindruck gehabt. Ein kleiner Junge, der in Begleitung seiner Eltern mit ihr im Zug saß, hatte sie so lange nicht aus den Augen gelassen, dass es ihr wie eine Ewigkeit vorkam, dass sie immer nervöser geworden und schließlich ganz außer sich geraten war.

Es lag an ihrer Erschöpfung. Das war alles. Aber auch am Alter. Nicht nur am Alter, sondern auch daran, dass sie wie ausgelaugt war. Sie kam sich vor wie ein altes Tier. Aber sie hatte nicht den Mut, es den Tieren gleichzutun und sich zum Sterben in einen Winkel zu verkriechen.

Es waren noch andere alte Frauen mit ihr im Zug gewesen, älter als sie, die ohne Hemmungen ihren Rücken und einen Teil ihres Busens zur Schau stellten und sich wahrscheinlich am Strand ziemlich kindisch aufführen würden.

Den Bummelzug von früher gab es nicht mehr. Der Anschlusszug fuhr zwar noch vom selben Gleis ab, das wie ein Abstellgleis ganz hinten am letzten Bahnsteig lag, aber anstelle der alten Waggons von früher wartete jetzt ein silberner Schnelltriebwagen, der geräuschlos durch die Landschaft raste und von Zeit zu Zeit einen kurzen Signalpfiff ausstieß.

Sie hatte gehofft, bei Einbruch der Dunkelheit anzukommen, es wäre dann einfacher für sie gewesen, schnell in die Hauptstraße und dort dicht an den Häusern entlangzulaufen. Aber wegen der Sommerzeit war der Himmel um sieben Uhr abends noch von leuchtendem Blau, welches das Licht der untergehenden Sonne in rötliches Zwielicht verwandelte. Die Kühe auf den Weiden warfen dunkelblaue Schatten, und ein blendender Widerschein ließ die Fenster der Bauernhäuser wie Feuer aufleuchten.

Schon als kleines Mädchen hatte sie sich vor dieser Stunde gefürchtet, sie wie eine Bedrohung aus dem Nichts oder aus der Ewigkeit empfunden, vergleichbar dem Fegefeuer aus ihrem Katechismus. Sie erinnerte sich auch noch an das reglose Laub der Linde vor ihrem Zimmerfenster. Wie auf einem Kupferstich hatte sich jedes einzelne Blatt abgezeichnet. Sie erinnerte sich an die Geräusche im Haus, die durch die Stille ringsum verstärkt wurden, sodass ein Knacken des gebohnerten Parkettbodens zu einer Explosion wurde.

Sie lutschte ein Pfefferminzbonbon, um die Alkoholfahne zu überdecken, und hatte auf einmal wieder das Bedürfnis – zum dritten Mal seit ihrer Abreise aus Paris –, sich ihre Wangen mit einem Taschentuch abzureiben, um die letzten Spuren von Rouge zu beseitigen. Erst hatte sie vorgehabt, sich überhaupt nicht zu schminken, aber im letzten Moment, als sie fertig angekleidet vor dem Spiegel stand, hatte sie sich doch wegen ihrer fahlen Blässe geschämt. Sie wollte auf keinen Fall wie ein Schreckgespenst daherkommen und gleich bei ihrer Ankunft den Eindruck einer Todkranken erwecken.

Das einfache Kleid stand ihr gut, auch ihr Hut zeugte von Geschmack, soweit das bei einem billigen Hut möglich war. Den leichten Mantel hatte sie sich über den Arm gelegt.

Im Zug hatte sie niemanden gekannt, allerdings auch kaum gewagt, die Leute anzusehen, weil sie sich die Möglichkeit zu einem Rückzieher offenlassen wollte.

»Wenn das Hôtel de l'Anneau d'Or nicht mehr existiert, nehme ich noch heute Abend den Zug zurück.«

Und dann, weil es Samstagabend und alle Welt unterwegs war:

»Wenn kein Zimmer mehr frei ist, werde ich es auch nicht woanders probieren.«

Jetzt, wo sie gleich ankommen würde, beengte sie die Luftblase in ihrer Brust nur noch mehr. Als der Zug in dem kleinen Bahnhof hielt, der sich wenig verändert hatte, wagte sie kaum aufzustehen, weil sie wieder diese Todesangst überfiel. Aber dann stand sie doch auf dem Bahnsteig. Die Lampen brannten, obwohl es noch taghell war, und ein Mann mit einer Mütze mit hellem Schirm deutete auf ihren Koffer und fragte:

»Taxi?«

Sie war verwirrt, alles ging viel zu schnell. Früher hatte es hier keine Taxis gegeben und auch nicht diese vielen Privatautos, die auf dem Platz herumstanden.

»Zum Hôtel de l'Anneau d'Or.«

Die Wagentür schlug zu. Sie fuhren an Häusern vorbei, die ihr winzig vorkamen, und schon bogen sie in eine kurze Straße ein, an deren Ende die Brücke war.

»Haben Sie noch größeres Gepäck aus der Aufbewahrung zu holen?«

Sie hatte es eilig, ins schützende Innere des Hotels zu kommen, und hielt den Kopf gesenkt, damit die Vorübergehenden ihr nicht ins Gesicht sehen konnten. Es war eigentlich nicht denkbar, dass immer noch die alten Besitzer, Monsieur und Madame Loiseau, da waren (Madame Loiseau, Mathilde, trug eine Perücke). Sie waren mindestens siebzig gewesen, als Jeanne von hier fortgezogen war. Sie entdeckte auf der rechten Seite ein neues Gebäude, einen Flügel, den man kürzlich angebaut haben musste, und es kam ihr so vor, als stünden auf der Terrasse auch mehr Eisentische zwischen den Lorbeerkästen als früher.

»Ein Einzelzimmer?«

»Ja, ein Einzelzimmer.«

»Eine Nacht oder mehrere?«

»Vielleicht mehrere.«

Sie wusste es noch nicht. Allerdings war es unwahrscheinlich, dass sie mehr als eine Nacht im Hotel logieren würde. Es war eigentlich fast undenkbar, aber sie glaubte, durch diese kleine Mogelei dem Schicksal ein Schnippchen schlagen zu können.

»Ist die Siebzehn frei, Martine?«

»Der Gast ist abgereist, aber ich weiß nicht, ob das Zimmer schon gemacht ist.«

Es waren junge Leute, die noch nicht lange verheiratet sein konnten und die hier Monsieur und Madame Hotelbesitzer spielten.

»Olga, ist die Siebzehn fertig?«, rief die Hotelbesitzerin ins Treppenhaus.

»Ja, Madame.«

Jeanne trug sich in den Meldezettel ein, unter dem Namen Martineau selbstverständlich, Jeanne Martineau, siebenundfünfzig Jahre, geboren ... Geboren: Hier! Nicht im Hôtel de l'Anneau d'Or, aber keine hundert Meter weiter, auf der anderen Seite der Brücke. Beim Überqueren der Straße hatte sie einen Blick in diese Richtung vermieden. Ob ihr Zimmer wohl zum Fluss hin liegen würde? Wahrscheinlich nicht, nicht als Einzelzimmer, und vor allem nicht an einem Samstag im August.

Die alten Loiseaus, auch Philemon und Baucis genannt, hätten sich bestimmt nicht vorstellen können, dass in ihrem Hotel dereinst Frauen, die noch dazu Kinder dabeihatten, mit nichts weiter auf dem Leib als einem winzigen Leinenhöschen und einer Art Büstenhalter herumlaufen würden, oder gar ein Mann mit völlig nacktem behaartem Oberkörper und einem Sonnenbrand auf den Schultern.

»In einer Viertelstunde gibt's Abendessen«, verkündete der Besitzer (oder der Verwalter).

In dem allgemeinen Trubel vergaßen sie, ihr den Koffer hinauftragen zu lassen, sie bestand jedoch nicht darauf und schleppte ihn selbst bis zur zweiten Etage, erleichtert, auf diese Weise unbemerkt geblieben zu sein. Selbst das Zimmermädchen Olga hatte ihre Ankunft nicht mitbekommen, denn sie kam ihr nicht entgegen, um ihr tragen zu helfen.

Zimmer siebzehn lag zum Hof, in dem früher die Stallungen untergebracht waren, die man zu Garagen umfunktioniert hatte. Die Luft verfärbte sich blau, kondensierte zu dunstigen Schwaden. Weshalb sollte sie sich eigentlich nicht gleich hinlegen? Mit drei oder vier Tabletten würde sie sicher schnell einschlafen können.

Aus Gewohnheit packte sie zuerst ihren Koffer aus und ordnete den Inhalt in Schrank und Wandschrank, dann sprengte sie sich etwas Wasser ins Gesicht und setzte sich schließlich, ohne Licht zu machen, auf den einzigen Sessel, der hart und schmal war und mit seinem grellen Blau an einen Sessel im Schaufenster eines Kaufhauses erinnerte.

Die Zeit verstrich, unmerklich brach die Nacht herein, und unmerklich wurden auch die Geräusche immer deutlicher, vor allem die aus dem Speisesaal, dessen Fenster weit offen standen und wo man begonnen hatte, das Abendessen zu servieren. Gemurmel auch von der Terrasse, auf der noch einige Gäste vor ihren Getränken in der Abendkühle saßen. Türen schlugen, eine ungeduldige Mutter brachte ihr Kind zu Bett und drohte ihm mit schriller Stimme Gott weiß was an, wenn es nicht sofort einschlafen würde. Aber dann nahm Jeanne durch das Quietschen und Hupen der Autos auf der Straße hindurch mit einem Mal das leise, hellere Rauschen des Flusses wahr und ein liebliches Plätschern von der Brücke her, wo das Wasser sich am Pfeiler teilte.

»Ich bin so müde!«, sagte sie laut.

Sie horchte dem Klang ihrer Stimme nach und wiederholte voll Selbstmitleid:

»Mein Gott, wie müde ich bin!«

Todmüde! So müde, dass sie sich am liebsten irgendwo vor einer Haustür, auf der Straße, auf dem Bahnsteig hingesetzt und den Dingen ihren Lauf gelassen hätte.

Sie war dick. Sie fühlte sich entsetzlich dick. Sie musste all dieses weiche Fleisch mit sich herumschleppen, vor dem sie sich ekelte und das sie nicht als ihr eigenes empfand.

Die dicke Jeannie!

Nein! Nicht dieses Wort. Sie durfte nicht mehr an dieses Wort denken, sonst verlor sie jeglichen Mut.

Dunkle Schwaden schwappten durchs Fenster ins Zimmer und bedrängten sie, doch sie hatte nicht die Kraft, aufzustehen und Licht zu machen. Wie zerschlagen blieb sie im Dunkeln sitzen, versuchte, sich in ihren Schmerz einzulullen, wie wenn man einen kranken Zahn hat und daran herumspielt. Sie hasste sich nicht nur wegen der zwei Cognacs, die sie in Poitiers getrunken hatte. Sie schämte sich, wieder hier zu sein, zurückgekommen zu sein. Was erwartete, erhoffte sie denn?

Wegen des beklemmenden Drucks auf ihrem Herzen presste sie die Hand auf ihre linke Brust. Ein gutes, warmes, fast wollüstiges Gefühl durchströmte sie. Hinter ihren geschlossenen Lidern füllten sich ihre Augen mit Tränen, und sie wiederholte mit veränderter Stimme und einem Gesichtsausdruck, als würde sie gleich in Tränen ausbrechen:

»Was bin ich nur so müde!«

Sie hatte im Sessel geschlafen, ohne Tabletten, und als sie plötzlich aufwachte, waren die Geräusche im Haus dumpfer. Sie knipste die grelle Glühbirne an und sah auf die Armbanduhr.

Es war zehn Minuten nach neun. Sie hatte Hunger, einen solchen Bärenhunger, dass sie endlich zögernd und mit schlechtem Gewissen die Treppe hinunterstieg und sich in den Speisesaal schlich, wo nur noch die Hälfte der Lampen brannte und zwei Frauen die Tische für das Frühstück am nächsten Morgen deckten.

Sie ging geräuschlos, weil sie es so gewohnt war, weil sie trotz ihres massigen Körpers leichtfüßig geblieben war, aber auch aus Verlegenheit. Sie näherte sich einer der Serviererinnen in weißer Schürze und schwarzem Kleid, die zusammenzuckte und sich umdrehte; einen Moment starrte sie sie einfach nur an, dann rief sie:

»Jeanne!«

Und fügte mit Nachdruck hinzu:

»Jeanne Martineau!«

Sie sahen sich an, als ob sie sich verstecken müssten, als ob, wie damals im Kloster, jeden Augenblick eine Nonne auftauchen und sie auseinanderscheuchen könnte.

»Du hast mich erkannt?«

»Sofort, ja. Warum? Hast du mich denn nicht wiedererkannt?«

»Doch, die Tochter von Hotu. Aber ich weiß deinen Vornamen nicht mehr.«

»Dabei habt ihr mich so oft damit aufgezogen. Désirée! – Was tust du hier? Besuchst du deinen Bruder?«

Sie wagte nicht zu fragen:

»Lebt er noch?«

Stattdessen sagte sie:

»Ist er zu Hause?«

»Natürlich. Vor kurzem wäre er beinahe Bürgermeister geworden. Ich weiß nicht, was da im letzten Augenblick für Gerüchte aufgetaucht sind ...«

Plötzlich wurde ihr bewusst, dass sie beide im Speisesaal standen, die eine als Gast, die andere als Serviererin.

»Hast du hier irgendwas gesucht? Wohnst du im Hotel?«

»Ja. Ich habe noch kein Abendbrot gegessen. Ich habe Hunger.«

»Lass mich nur machen. Für ein ganzes Menü ist es zu spät, und sie werden dir das Abendessen wahrscheinlich à la carte berechnen. Würde dir das was ausmachen?«

»Nein.«

»Setz dich lieber mal hin! – Die Chefin ist ein Drachen. Die Leute stammen aus Paris, sie haben gerade erst das Haus übernommen. Man merkt ihnen an, dass sie Anfänger sind. – Was möchtest du essen?«

»Was da ist.«

»Roastbeef ist keines mehr übrig, aber ich kann dir Schinken und Kartoffelsalat bringen. Wenn du zuvor eine Suppe möchtest ... Aber ich sage dir gleich, die ist nicht besonders. – Hast du von Juliens Unfall gehört?«

Beinahe hätte sie den Namen verständnislos wiederholt. Dann fiel ihr ein, dass einer ihrer Neffen so hieß, dessen Vornamen sie vergessen hatte und der inzwischen erwachsen sein musste.

»Armer Junge«, fuhr Désirée fort. »Er war von allen noch der Beste. Oh, Entschuldigung ...«

»Sprich nur weiter!«

»Auf so dumme Weise ums Leben zu kommen! An einer Stelle, die er genau gekannt hat! Kein Monat vergeht, ohne dass dort ein Unfall passiert ... An der Loup-Pendu-Kurve, du weißt schon, gleich hinter der Mühle! ... Und seine Frau saß mit im Auto ... Dass sie keine Fehlgeburt hatte, ist ein Wunder ... Das Kind kam ein paar Wochen zu früh, aber die Ärzte in Poitiers konnten es retten ... Wusstest du das denn nicht?«

»Nein ... Doch.«

»Ich bin gleich wieder da ...«

Das war vor ... Moment! ... Sie war jetzt siebenundfünfzig ... Sie hatte das Kloster kurz nach ihrem siebzehnten Geburtstag verlassen ... Hatte sie Désirée Hotu danach noch einmal getroffen? Vielleicht zufällig zwei- oder dreimal in den darauffolgenden Jahren. Jeanne war nicht ganz sicher, denn der Bauernhof der Hotus lag ziemlich weit außerhalb, und Désirée hatte nie zu ihren engen Freundinnen gehört. Das war also, grob gerechnet, vierzig Jahre her.

Immerhin hatten sie sich gegenseitig wiedererkannt. Jeanne hätte geschworen, dass die Stimme ihrer ehemaligen Mitschülerin und ihre Art zu sprechen unverändert geblieben waren. Sie hatten sich ganz unbewusst geduzt, als ob sie sich nie aus den Augen verloren hätten.

Sie war nicht einmal neugierig darauf gewesen, von Désirée zu erfahren, wie es kam, dass sie jetzt als Serviererin im Anneau d'Or arbeitete, wo die Hotus früher doch reiche Bauern gewesen waren.

»Ich habe ein paar Sardinen und einige Radieschen aufgetrieben, damit kannst du erst mal anfangen. Möchtest du Wein? Roten? Weißen? Der kommt wahrscheinlich von deinem Bruder.«

Désirée wirkte nicht unglücklich. Sie war dünn, hatte einen flachen Busen und so gut wie keine Hüften unter ihrer Schürze. Das war eigenartig, denn im Kloster war sie so ziemlich das dickste Mädchen der Klasse gewesen und hatte sich wegen ihrer rundlichen Arme und ihrer stämmigen Beine geschämt.

»Bleibst du länger?«

»Ich weiß es noch nicht. Ich glaube nicht.«

»Hast du Kinder?«

Sie schüttelte den Kopf.

»Verzeih! Ich hatte drei, zwei habe ich verloren.«

Sie sagte das beiläufig, wie man etwas Belangloses mitteilt.

»Meine Tochter lebt mit ihrem Mann in Algerien. Ein braver Junge, Arbeiter, ich bin sicher, sie werden es noch zu etwas bringen. Ich will jetzt erst mal die Tische fertigdecken, dann komm ich wieder, und wir können reden.«

Das konnte sie dann wohl doch nicht, und Jeanne war erleichtert, obwohl sie eigentlich nicht wusste, weshalb. Zehn Minuten aß sie schweigend und ohne Appetit, trotz ihres großen Hungers, und beobachtete die beiden

Serviererinnen, die in der spärlichen Beleuchtung ihrer Arbeit nachgingen. Von Zeit zu Zeit drehte sich Désirée nach ihr um und zwinkerte ihr zu. Als sie Jeanne den Schinken brachte, sagte sie halblaut:

»Iss schnell! Es braucht niemand zu sehen, dass ich dir drei Scheiben abgeschnitten habe.«

Etwas später erschien der Drachen, wie Désirée ihre Chefin nannte, im Türrahmen.

»Sind Sie fertig, Désirée?«

»Sofort, Madame. Ich muss nur noch das Dessert und den Kaffee servieren.«

»Das kann Emma machen. Oscar braucht Sie im Büro.«

Bevor sie ging, flüsterte Désirée Jeanne noch zu:

»Sie erinnert mich an unsere Mutter Oberin. Weißt du noch? Wir sehen uns später.«

Nebenan im Schankraum, dessen Tür die Chefin angelehnt ließ, waren die aneinanderstoßenden Billardkugeln und die Stimmen der Kartenspieler zu hören. Der Rauch der Pfeifen und Zigarren stieg zu den Lampen auf und vermischte sich mit dem Geruch von Bier und Schnaps.

Es war dieser Geruch, der Jeanne in Versuchung führte, obwohl sie diesmal keine Beklemmung spürte. Sie kämpfte nicht dagegen an. Sie hätte zwar nicht gewagt, ihre alte Freundin darum zu bitten, aber die zweite Serviererin, die sie jetzt bediente, war jung und ihr unbekannt.

»Könnte ich wohl einen kleinen Cognac haben?«

»Ich schicke Ihnen den Kellner.«

Sie drehte sich zu der halb geöffneten Tür und rief:

»Raphaël! Einen Cognac!«

Er brachte die Flasche. Auch er war jung, hatte blonde Locken und wirkte noch etwas linkisch in seiner zu weiten Weste, die vor ihm ein Mann mit Bauch getragen haben musste.

»Einen Moment, junger Mann!«, sagte Jeanne mit gleichgültiger gedämpfter Stimme wie nebenbei, leerte das Glas in einem Zug und setzte dann, indem sie es ihm entgegenhielt, in vertraulichem Ton hinzu:

»Noch einen! Auf einem Bein kann man nicht stehen!«

Sie sagte das mit einem kleinen ordinären Lachen, für das sie sich schämte, sodass sie, obschon sie inzwischen allein im bereits fürs Frühstück gedeckten leeren Speisesaal saß, dieses zweite Glas nicht anrühren wollte. Sie erhob sich, fest entschlossen, diesmal zu widerstehen, doch im letzten Moment beugte sie sich zum Glas auf dem Tisch hinunter und schüttete den Inhalt in sich hinein.

Sie hörte es zur Messe läuten und erkannte die Glocken der beiden Kirchen und die des Altersheims mit dem dünnen Gebimmel. Ein emsiges Zimmermädchen hatte ihr das Frühstück auf einem Tablett aufs Zimmer gebracht. Von überall waren Türenschlagen, Wasserrauschen und der Lärm der Klosettspülung zu hören.

Das Tageslicht, das in ihr gelb getünchtes Zimmer drang, machte sie mutlos. Sie konnte sich lange nicht dazu aufraffen aufzustehen und ließ sich mit ihrer Toilette viel Zeit.

Ob Désirée wohl auch im Hotel schlief, in einem der

kleinen Zimmer über den Garagen? Ob sie sie wohl bitten konnte, bei ihr vorbeizuschauen?

Von Désirée hatte sie erfahren, dass Julien tot war, dass er verheiratet gewesen war und ein Kind hatte. Aber sie hatte von niemandem sonst gesprochen. Sie nahm selbstverständlich an, dass ihre Freundin Bescheid wusste. Aber Jeanne hatte keine Ahnung. Am Vorabend hatte sie ja noch nicht einmal gewusst, ob ihr Bruder noch lebte.

Zu der Zeit, als sie mit ihrer Familie noch in Briefkontakt stand, hatte sie nur erfahren, dass ihr Bruder sich mit Louise, der Tochter von Doktor Taillefer, verheiratet hatte, die ein paar Klassen unter ihr in die Klosterschule gegangen war. Sie erinnerte sich nur noch an ein kleines Mädchen mit langen Zöpfen, eine Schwarzhaarige, wenn sie sich nicht irrte, mit einer Stupsnase und vorwitzigen Augen.

Wie würde sie wohl jetzt aussehen? Sie musste wie Robert die fünfzig überschritten haben. Robert war sicher auch in die Breite gegangen. Er hatte schon als junger Mann zu Fettleibigkeit geneigt.

Jeanne legte Puder auf, wischte ihn wieder ab und puderte sich erneut, und als sie ihr wachsbleiches Gesicht im Spiegel sah, verrieb sie etwas Rouge auf ihren Wangen. Es wirkte lila. Sie wusste nicht, warum. Sie hatte schon alle Arten von Rouge auf ihrem Gesicht ausprobiert, aber alle wirkten lila.

»Alter Hanswurst!«, sagte sie in den Spiegel.

Es hätte keinen Sinn gehabt, den Tag verstreichen zu lassen und zu versuchen, sich Mut zu machen. Sie war mehrere Tausend Kilometer gereist, um hierherzukommen. Nun war sie da. Sie brauchte nur über die Brücke zu gehen, direkt auf das Tor zu, in das eine kleine Tür eingelassen war. Früher waren die beiden Torflügel ebenso wie die Fensterläden dunkelgrün gestrichen gewesen. Flaschengrün, hatte ihr Vater gesagt. Das Haus war weiß getüncht gewesen, gelblich weiß, was es wärmer und reicher erscheinen ließ als die anderen Häuser mit ihrem grellen Weiß. Sie würde den kupfernen Türklopfer betätigen, und der Ton würde wie ein Glockenschlag in der Torwölbung widerhallen.

Sie würde Schritte hören. Männerschritte? Frauenschritte? Dumme Frage! Wahrscheinlich die Schritte eines Dienstmädchens, das sie, wenn es entsprechend instruiert war, fragen würde:

»Wen darf ich melden?«

Jetzt war sie da. Sie hatte den Weg in einem Schwung hinter sich gebracht. Sie stand auf der anderen Seite der Brücke. Der Türklopfer hatte links hinter dem Haus angeschlagen. Auf der langen weiß verputzten Mauer des Lagerhauses las sie in schwarzen Buchstaben: *Robert Martineau, Weingroßhandel.* Und wie damals standen auch jetzt leere Fässer auf dem Trottoir. Nur der Vorname hatte sich geändert, früher war es der ihres Vaters gewesen: Louis. Und es gab auch immer noch den Hinweis: *Zettel ankleben verboten.*

Im Innern des Hauses ertönte eine Stimme:

»Es hat jemand geklopft, Alice!«

»Ich weiß! Ich kann jetzt nicht runterkommen!«

Kleine, eilige Schritte, ein Riegel, der aufgezogen wurde, eine schlanke, ganz in Schwarz gekleidete Frau mit Hut und Handschuhen, ein Gesangbuch in der Hand.

»Wollten Sie ausgehen?«, fragte Jeanne unwillkürlich.

»Nein. Ich komme gerade von der Messe. Was gibt's denn?«

Sie war aufgeregt, nervös, vielleicht beunruhigt. Sie nahm sich gar nicht die Zeit, die Besucherin genauer anzusehen.

»Sind Sie Madame Martineau, die Frau von Robert?«

»Ja.«

»Da habe ich Sie doch gleich wiedererkannt. Wir waren zusammen im Kloster, obwohl Sie jünger sind als ich.«

Die andere schien gar nicht hinzuhören, in Gedanken mit etwas anderem beschäftigt.

»Ich bin Jeanne Lauer.«

»Aha!«

Sie wirkte unschlüssig, wie jemand, der nicht weiß, wo er mit einer sperrigen Last hinsoll.

»Kommen Sie herein! Sie werden das Haus nicht gerade in einem vorbildlichen Zustand finden. Das Mädchen hat uns gestern ohne Vorwarnung verlassen. Heute Morgen sollte sich eine Neue vorstellen, aber bisher ist niemand gekommen. Wo Robert steckt, weiß ich auch nicht. Seit fünf Minuten suche ich ihn überall.«

Sie stieß eine Tür auf und rief:

»Robert! Robert! Deine Schwester Jeanne ist da!«

Dann, als fiele es ihr eben erst ein:

»Ist Ihr Mann nicht mitgekommen?«

»Mein Mann ist seit fünfzehn Jahren tot.«

»Oh! Julien ist auch tot. Wussten Sie das?«

»Ich habe es gestern erfahren.«

»Sie sind schon seit gestern hier?«

»Seit gestern Abend, ja. Es war schon spät, da wollte ich nicht stören.«

Ihre Schwägerin ging darüber hinweg. Sie zog die Handschuhe aus, legte den Hut ab und lief durch die Zimmer, die Jeanne nicht wiedererkannte, die verändert und anders möbliert waren und mit ihrem früheren Aussehen auch den Geruch von damals verloren hatten.

»Ich möchte bloß wissen, wo Robert steckt. Als ich zur Messe ging, war er noch hier. Ich hatte ihn gebeten, das neue Mädchen zu empfangen, wenn es kommt, um sich vorzustellen. Ich hatte eine Agentur in Poitiers beauftragt, weil es so dringend war, und sie hatten mir versprochen, heute früh mit dem ersten Zug jemanden zu schicken. Sie müsste längst hier sein. – Robert! Robert! … Entschuldigen Sie meine Unhöflichkeit … Ich hänge völlig in der Luft, und ich möchte wissen, ob ich da jemals wieder …«

Eine junge Frau, ebenfalls in Schwarz, beugte sich in der ersten Etage über das Geländer.

»Wer ist denn da?«, fragte sie, ohne Jeanne zu sehen.

»Roberts Schwester. Deine Tante Jeanne, die in Südamerika gelebt hat. Es war doch Südamerika, Jeanne? Ich weiß es gar nicht mehr. Es ist schon so lange her … Hör mal, Alice, hast du Robert gesehen? Ich war im Büro, aber dort ist er auch nicht …«

»Ist das Büro immer noch hinten im Hof?«, fragte Jeanne.

»Ja. Warum? Hast du ihn weggehen hören, Alice?«

»Er ist bestimmt nicht weggegangen. Ich hätte die Tür gehört. Ich glaube, er ist nach oben gegangen. Na, wunderbar! Jetzt geht das wieder los ...«

Aus einem Zimmer in der ersten Etage ertönte schrilles Babygeschrei, und in Louises Gesicht zuckte es nervös.

»Seien Sie mir nicht böse, Jeanne. Sie müssen mich für verrückt halten. Aber ja! Ich weiß das! Ich frage mich manchmal selbst, ob wir nicht alle ziemlich verrückt sind. Aber wie soll ich denn ganz allein mit diesem großen Haus fertigwerden? Ein Mädchen nach dem anderen verlässt uns. Die Letzte hat es nicht einmal für nötig gehalten, uns zu sagen, dass sie geht. Gestern, nach dem Mittagessen, als weder das Geschirr abgewaschen noch der Tisch abgedeckt war, habe ich gemerkt, dass ihre Sachen aus ihrem Zimmer verschwunden waren und sie sich verdrückt hatte. Das Kind schreit, als wollte es mich um den Verstand bringen, aber trotzdem wird seine Mutter gleich unter dem Vorwand verschwinden, sie sei noch nicht in dem Alter, in dem man zu Hause herumhockt. Da sitze ich dann mit dem Kind auf dem Arm. Wo meine Tochter ist, weiß ich auch nicht, und Henri ist gestern Abend mit dem Wagen weggefahren. Wenn wenigstens Robert ...«

Es stand ihr ins Gesicht geschrieben, dass sie gleich in Tränen ausbrechen und auf den nächsten Stuhl sinken würde, aber sie fing sich wieder – klein und angespannt, wie sie war –, lief die Treppe hinauf und rief »Robert! Robert!« durch das riesige Haus.

Ihre Schwiegertochter öffnete eine Tür und herrschte sie mit spitzer Stimme an:

»Wie soll der Kleine denn schlafen, wenn Sie dermaßen schreien?«

»Hören Sie, Jeanne? Ich bin es, die schreit! Immer ich! Meine Güte, ich habe Ihnen ja noch gar nichts zu essen oder zu trinken angeboten. Merkwürdig, dass Robert nicht antwortet. Er kann nicht weggegangen sein, er verlässt das Haus nie ohne Kopfbedeckung, und ich habe seinen Hut in der Garderobe gesehen. Er ist nicht im Büro, und im Lager ist er auch nicht. Sonntags gibt es da ja auch nichts zu tun. Kommen Sie doch mit mir nach oben, Jeanne. Sie können sich in meinem Badezimmer frisch machen …«

Sogar die Treppenstufen waren erneuert worden und knarrten nicht mehr. Die Türen, vormals dunkel und lackiert, hatten jetzt einen weißen Anstrich. Die Wände waren hell. Alles war hell. Nirgendwo gab es dunkle Farben. Louise warf ihren Hut, den sie bis jetzt in der Hand behalten hatte, auf das ungemachte Bett und hob einen Männerschlafanzug vom Teppich auf.

»Ich schäme mich, aber ich kann nichts dafür. Es gibt Augenblicke wie jetzt gerade, da hat sich alles gegen mich verschworen, und manchmal dauert das Wochen, Monate. Wenn ich bloß wüsste, wo Robert …«

Sie lief zur Treppe, die in die zweite Etage führte, wo

sich früher die Kinderzimmer und der Speicher, der zugleich Spielzimmer war, befunden hatten. Man hörte ihre eiligen Schritte, wie sie eine Tür nach der anderen öffnete, »Robert!« rief, die Tür wieder schloss und zur nächsten lief.

Dann erreichte sie den Dachboden am Ende des Ganges, öffnete die Tür und schrie plötzlich gellend auf:

»Robert!«

Und, gleich darauf:

»Jeanne! ... Alice! ... Es soll jemand kommen! ... Schnell!«

Sie lehnte ganz in sich zusammengesunken und mit eingezogenem Kopf in ihrem schwarzen Kleid an der weißen Wand, eine Hand vor den Mund gepresst.

Wie früher fiel Licht durch ein großes schräges Dachfenster, das man mit Hilfe einer herabhängenden Stange öffnen und schließen konnte.

Es hatte eine Zeit gegeben, da musste Jeanne auf eine Kiste steigen, um diese Stange mit den Fingerspitzen berühren zu können. Etwas später hatte es gereicht, wenn sie sich auf die Fußspitzen stellte. Oberhalb des Fensters war ein Haken von der Größe eines Fleischerhakens angebracht worden, von dem niemand hätte sagen können, wozu er je gedient hatte.

An diesem Haken hatte Robert einen Strick befestigt und sich daran erhängt.

Er war wie seine Schwester sehr dick, vielleicht sogar noch dicker als sie. Er trug einen Anzug aus feiner Wolle, hatte aber noch seine Pantoffeln an. Einer war ihm vom Fuß gerutscht.

Ein leerer Kasten, den er als Schemel benutzt hatte, lag umgestoßen auf dem Fußboden und dicht daneben ein Zettel, auf dem mit Tinte geschrieben ein einziges Wort stand:

»Verzeihung.«

Louise presste ihre Hand noch fester an den Mund und wurde ganz blau im Gesicht, als ob sie gleich ersticken würde. Von unten ertönte die Stimme von Alice:

»Was ist denn los? … Soll ich hochkommen?«

»Ja. Bringen Sie ein großes Glas kaltes Wasser mit!«, antwortete Jeanne und erschrak über den Klang ihrer eigenen Stimme.

»Und ein Messer … Oder eine große Schere … Schnell! …«, setzte sie einen Moment später hinzu.

Das Kind hatte wieder zu schreien angefangen. Louise sah ihre Schwägerin mit den verängstigten Augen eines Tieres an.

Robert schaukelte sanft am Ende des Seils hin und her. Ein Sonnenstrahl fiel auf seine sonderbar verrenkte Schulter und malte ein leuchtendes Viereck auf ein Schaukelpferd mit herausgerissener Mähne, das den Toten unverwandt aus seinen Porzellanaugen anstarrte.

2

Später sollte sie sich noch an kleinste Einzelheiten, an einzelne Bewegungen und Handgriffe erinnern, nicht aber an deren genaue Reihenfolge. Wohl sah sie sich noch in dem etwas diffusen Sonnenlicht um zehn Uhr morgens den Türklopfer betätigen; da war sie noch eine alte Frau gewesen, die nicht mehr konnte, die um Gnade bettelte, einem streunenden Hund vergleichbar, der in Erwartung von Schlägen oder einem Löffel Suppe unentschlossen an der Schwelle eines Bauernhauses stehen bleibt, und vielleicht hatte sie sich noch leerer, noch schwindliger gefühlt, als sie dick und atemlos ihrer kleinen dunkelhaarigen Schwägerin die Treppe hinauf Gott weiß wohin folgte.

Aber warum hatte sie anschließend Louise das Glas Wasser, das Alice gebracht hatte, ins Gesicht geschüttet, anstatt es ihr zu trinken zu geben? Das war ein Reflex gewesen; irgendetwas in dem zuckenden Gesicht von Louise, die die Wand mit ihren Fingernägeln bearbeitete, hatte ihn ausgelöst.

Und die andere, die Schwiegertochter, die unter ihrem schwarzen Kleid nackt zu sein schien – und es bestimmt auch war – und die sich bis zu dieser Stunde weder gekämmt noch gewaschen hatte, hielt sich die Augen mit der linken Hand zu und streckte ihr mit der rechten Hand ein Küchenmesser entgegen. Sobald Jeanne es an sich genommen hatte, rannte Alice zur Treppe und rief:

»Ich kann keinen Toten sehen! Das halte ich nicht aus!«

»Rufen Sie wenigstens einen Arzt.«

»Doktor Bernard?«

»Irgendeinen Arzt. Einen, der schnell hier sein kann.«

Alice war offenbar sofort ans Telefon gestürzt, denn in der ersten Etage hörte man den Säugling weiter unentwegt schreien, was darauf schließen ließ, dass seine Mutter an ihm vorbei direkt ins Erdgeschoss gerannt war. Nachdem sie, wie Jeanne später erfuhr, vom Esszimmer aus telefoniert hatte, hielt es sie nicht länger im Haus, und sie war auf die Straße hinausgelaufen, um dort auf den Arzt zu warten.

Nach dem Guss mit dem kalten Wasser hatte Louises Gesicht einen Ausdruck von Fassungslosigkeit angenommen, der fast komisch wirkte. Einen kurzen Augenblick war Hass in ihren Augen aufgeglommen wie bei einem kleinen Mädchen, das Schläge bekommen hat. Sie hatte den Raum nicht sofort verlassen, war eine Zeit lang gegen die Wand gepresst stehen geblieben. Erst als Roberts Leiche ausgestreckt auf dem Boden lag und Jeanne sich umdrehte, um etwas zu sagen, stellte sie fest, dass sie mit dem Toten allein war.

Sie war ganz ruhig gewesen, hatte nicht das Gefühl gehabt, denken, überlegen, Entscheidungen treffen zu müssen. Sie hatte gehandelt, als habe man ihr vorgeschrieben, was sie zu tun habe. In einer Ecke des Dachbodens hatte hinter einem Stoß Bücher ein alter verrosteter Spiegel mit schwarz-goldenem Rahmen gelegen. Als sie ihn hervorholen wollte, musste sie feststellen, dass er viel schwerer war als vermutet. Mit Müh und Not hatte sie ihn zu ihrem Bruder hinübergezerrt, dabei einen Stapel Bücher umgestoßen und ihn dann schräg vor die violetten Lippen von Robert gehalten.

Unmittelbar darauf waren Schritte im Treppenhaus zu hören gewesen, schnelle, gleichmäßige, beruhigende Männerschritte. Eine Stimme sagte:

»Ich finde den Weg schon. Kümmern Sie sich um das Kind.«

Erst da nahm der Name, den sie gerade eben gehört hatte, vor ihrem inneren Auge Gestalt an. Früher war bei ihnen über lange Jahre ein Kellermeister beschäftigt gewesen. Er hatte eine Knollennase und hieß Bernard, doch aus unerfindlichen Gründen hatten sie ihn als Kinder Babylas genannt. Er war sehr klein, breit und dick, trug immer Hosen, die ihm zu weit waren und bei denen der Hosenboden bis auf die Schenkel hing, wodurch seine Beine noch kürzer wirkten. War Babylas nicht der Name eines dressierten Schweins gewesen, das sie mal im Zirkus gesehen hatten?

Er hatte am Stadtrand in der Nähe von Chêne Vert gewohnt und hatte sechs oder sieben Kinder gehabt, die ihn manchmal abends nach der Arbeit abholen kamen.

Als sie den Doktor sah, wusste sie, dass er eins dieser Kinder gewesen war. Bei ihrem Weggang war er noch ein kleiner Junge gewesen. Sein Vorname lag ihr auf der Zunge.

»Ich glaube, er ist tot, Doktor. Ich hielt es für besser, ihn vom Strick zu schneiden. Dabei konnte ich allerdings nicht verhindern, dass er mir wegrutschte und sein Kopf auf dem Fußboden aufschlug. Aber ich glaube, das ist nicht mehr wichtig.«

Er musste um die vierzig Jahre alt sein, und im Gegensatz zu seinem Vater war er groß und mager, hatte aber die gleichen blonden Haare wie Babylas. Er kniete sich auf den Fußboden und stellte seine Arzttasche neben sich. Obwohl er sich nicht um Jeanne kümmerte, sie nicht einmal gegrüßt hatte, wagte sie zu fragen:

»Sie sind doch Charles Bernard, nicht wahr?«

Der Name war ihr plötzlich eingefallen. Der Arzt nickte und warf ihr, während er sein Stethoskop ansetzte, einen schnellen Blick zu.

»Ich bin seine Schwester, Jeanne«, erklärte sie. »Ich bin heute Morgen angekommen, genauer gesagt gestern mit dem Abendzug, wollte aber hier nicht stören und habe im Anneau d'Or übernachtet.«

Plötzlich kam ihr in den Sinn, dass sie ja schon am Vorabend bei ihrem Bruder hätte anklopfen können und ihn dann noch lebend angetroffen hätte. In Gedanken sah sie wieder den halb erleuchteten Speisesaal vor sich und Raphaël, der ihr zu trinken gebracht hatte, und sie bekam ein schlechtes Gewissen, weil sie an die beiden Glas Cognac denken musste.

»Da ist nichts mehr zu machen«, stellte der Doktor

fest und richtete sich auf. »Er ist schon länger als eine Stunde tot.«

»Er ist bestimmt hier heraufgestiegen, als meine Schwägerin auf dem Weg zur Kirche war.«

Das Babygeschrei war immer noch zu hören. Der Doktor runzelte unmerklich die Stirn und warf einen Blick in Richtung Treppenhaus.

»Louise war eben noch mit mir hier oben«, erklärte Jeanne. »Sie hat einen schweren Schock.«

»Wir gehen besser nach unten. Wissen Sie, ob er eine Nachricht hinterlassen hat?«

Von dem Zettel, unter dem Leichnam, war nur eine Ecke zu sehen. Es gelang ihr, ihn so weit hervorzuziehen, dass man das Wort »Verzeihung« lesen konnte.

Charles Bernards Verhalten überraschte sie zunächst nicht, weil das Geschrei in der ersten Etage, das durch das Echo von den Hauswänden doppelt und dreifach zurückhallte, zu sehr an ihren Nerven zerrte.

Der Arzt war ein kühler, beherrschter Mann mit gemessenen Bewegungen und zurückhaltend in seinen Gefühlsäußerungen. Er war zwar ein Sohn von Babylas, hatte die ganze Familie gekannt, als Kind im Hof des Hauses gespielt und sich bestimmt wie die anderen hinter den Weinfässern versteckt, aber er hatte sich eben überhaupt nicht überrascht gezeigt, dass Robert Martineau sich auf seinem Dachboden erhängt hatte. Die knappe letzte Nachricht des Toten hatte ihn nicht mit der Wimper zucken lassen. Seine Miene hatte sich nur kaum erkennbar verfinstert, wie bei einem Menschen, der ein unglückliches Ereignis vorausgesehen hatte, das nun eingetroffen war.

Hatte er sich denn nicht gewundert, Alice auf der Straße und Louise nicht bei ihrem Mann zu finden?

Es überraschte ihn offensichtlich auch nicht, Jeanne nach so vielen Jahren und unter derart ungewöhnlichen Umständen wiederzusehen.

Er wiederholte:

»Gehen wir nach unten.«

In der ersten Etage öffnete er, ohne zu fragen, die Tür des Zimmers, aus dem das Kindergeschrei kam. Die Mutter lag bäuchlings auf dem ungemachten Bett, hatte das Gesicht in die Kissen vergraben und die Finger in die Ohren gesteckt, während sich das Kind, das an die Gitterstäbe seines Bettes gebunden war, die Lunge aus dem Hals schrie.

Jeanne nahm den Kleinen, ohne zu fragen, hoch und legte ihn an ihre Schulter. Das Schreien ließ nach, wurde zum Röcheln und schließlich zum Seufzen.

»Ist er krank, Doktor?«

»Als ich vor drei Tagen hier war und ihn mir angesehen habe, war er es nicht. Ich sehe keinen Grund, dass er es heute sein sollte.«

Da der Kleine nicht mehr schrie, beruhigte sich nun auch die Mutter, hob erstaunt den Kopf und blinzelte mit einem Auge unter ihren zerzausten Haaren hervor. Dann sprang sie mit einem Satz vom Bett und schüttelte den Kopf, um ihre Mähne wieder in Ordnung zu bringen.

»Bitte entschuldigen Sie, Doktor. Ich weiß, ich bin eine schlechte Mutter. Ich bekomme es jeden Tag zu hören. Ich kann nichts dafür. Ich kann ihn einfach nicht schreien hören! Als ich eben heraufkam, hätte ich ihn am liebsten an die Wand geknallt. Stellen Sie sich vor, das geht nun seit heute Morgen so. Ich habe alles getan, alles versucht.«

Sie blickte Jeanne erstaunt und misstrauisch an.

»Jetzt, wo ihn jemand anders auf den Arm genommen hat, ist er ruhig. Ich habe es Ihnen immer gesagt, aber Sie wollten mir ja nicht glauben. Er kann mich nicht leiden.«

Der Blick von Jeanne traf sich mit dem des Arztes, und beide wurden etwas verlegen, als ihnen bewusst wurde, dass sie beide dasselbe dachten.

»Wo ist Ihre Schwiegermutter?«

»Das weiß ich nicht. Ich habe sie hinuntergehen und unten herumkramen hören, dann ist sie wieder heraufgekommen, hin und her gegangen und hat die Türen auf- und zugemacht. Ich glaube, sie hat sich eingeschlossen, was bedeutet, dass sie für die nächsten Stunden keinen sehen will.«

Zwischen dem Doktor und Alice schienen Andeutungen zu genügen, als sprächen sie über bekannte Dinge, die in keiner Weise ungewöhnlich oder merkwürdig waren.

»Waren Sie im Haus, als Ihr Schwiegervater zum Dachboden hinaufgegangen ist?«

»Ich war hier. Das Kind schrie ja schon. Es schreit seit seiner Flasche heute früh, obwohl ich ihm seinen Schnuller gegeben habe. Ich habe Schritte auf der Treppe gehört und mich nicht weiter darum gekümmert. Dann kam meine Schwiegermutter von der Messe zurück und hat im ganzen Haus nach ihrem Mann gerufen. Gleich danach war der Türklopfer zu hören, und …«

Sie sah Jeanne an und suchte nach einem passenden Wort. Sie wollte offensichtlich nicht »Madame« sagen, aber sie traute sich auch nicht, sie beim Vornamen zu nennen, und an das Wort »Tante« hatte sie sich noch nicht gewöhnt.

»… und *sie* ist gekommen.«

»Die Polizei muss verständigt werden.«

»Warum? Weil er sich umgebracht hat?«

»Das verlangt das Gesetz. Ich werde den Kommissar von hier aus anrufen und auf ihn warten. Er wird mich bestimmt sprechen wollen.«

»Im Schlafzimmer meiner Schwiegereltern steht ein Telefon.«

Sie stockte.

»Ich habe vergessen, dass sich meine Schwiegermutter eingeschlossen hat.«

»Ich werde von unten telefonieren. Bemühen Sie sich nicht. Ich weiß, wo der Apparat steht. Es wäre mir lieb, wenn Sie Madame Martineau inzwischen dazu überreden könnten, mit mir zu sprechen.«

Zu Jeanne, die ihm folgte, sagte er nichts. Sie folgte ihm mit dem Kind auf dem Arm, das sich beruhigt hatte und schon fast eingeschlafen war, was weder sie noch den Doktor verwunderte.

Sie erkannte das Haus nicht wieder. Nicht nur die Einrichtung der Zimmer und die Möbel waren anders, man hatte sogar Zwischenwände eingerissen. Jeanne hatte immer noch ihren Hut auf, nahm ihn erst im Esszimmer ab und legte ihn auf den Tisch, alles mit einer Hand, um das Kind nicht zu wecken.

»Hallo! Ist dort der Polizeikommissar? Sind Sie es, Marcel? Ich vermute, der Kommissar ist heute Morgen nicht im Büro. Können Sie mir sagen, wo ich ihn erreichen kann? Hier ist Doktor Bernard.«

Es war eigenartig, den kleinen Bernard von früher jetzt mit dieser ruhigen Überlegenheit sprechen zu hören. Jeanne hatte ihn nur in kurzen Hosen gekannt, die aus den Hosen seines Vaters gemacht wurden. Er wohnte sicher in einem schönen neuen Haus. Ob er verheiratet war? Sie nahm an, dass er Kinder hatte und wie Louise gerade von der Messe nach Hause gekommen war, als Alice angerufen hatte.

»Ich werde versuchen, ihn zu erreichen, danke.«

Er wählte ruhig eine andere Nummer.

»Madame Gratien? Hier spricht Doktor Bernard. Danke. Und Ihnen? Ich habe gerade erfahren, dass der Kommissar bei Ihnen ist. Ich hätte ihn gern kurz gesprochen. Entschuldigen Sie die Störung, aber es ist wichtig. Ich danke Ihnen. Ich warte.«

Er behielt den Hörer am Ohr und wandte sich jetzt zum ersten Mal an Jeanne. Warum war sie davon so beeindruckt? Weder in seinem Blick noch in seiner Stimme lag etwas Ungewöhnliches. Er legte keinen Nachdruck in seine Worte, um seine Absichten zu unterstreichen. Was er sagte, klang ganz normal, und trotzdem schien es an diesem Morgen eine besondere Bedeutung zu haben. Sie glaubte, die ganze Tragweite, das ganze Gewicht herauszuhören, und sie wusste, noch während sie antwortete, dass ihre Antworten über das unmittelbar Gesagte hinaus verstanden würden.

Was er sie fragte, schien ganz alltäglich.

»Sind Sie für länger hierher zurückgekommen?«

»Ich weiß es noch nicht genau. Heute Morgen wusste ich es noch gar nicht.«

»Haben Sie die übrige Familie schon gesehen?«

»Nur meine Schwägerin Louise und ihre Schwiegertochter. Sie wirken beide sehr mitgenommen und belastet, nicht wahr?«

Nach kurzem Zögern setzte sie hinzu:

»War mein Bruder auch zu stark belastet?«

Der Doktor konnte nicht mehr antworten, denn inzwischen war der Kommissar, der im Garten unten am Fluss beim Fischen gewesen war, an den Apparat gekommen.

»Hallo! Hansen! Hier ist Bernard. Sehr gut, danke. Ich rufe Sie vom Hause Martineau an. Robert Martineau hat sich heute Morgen auf dem Dachboden erhängt. Er ist tot, ja. Als ich kam, war es schon zu spät. Nein, da war nichts mehr zu machen. Wegen seines Gewichts ist ein Halswirbel gebrochen. Das wäre mir sehr lieb, wenn Sie es ermöglichen könnten. Ich warte hier auf Sie und schreibe inzwischen meinen Bericht.«

Jeanne stellte ihre Frage, die ihr nun müßig vorkam, nicht noch einmal. Auch er sagte nichts mehr zu ihr. Der Kleine schlief mit friedlichem Gesicht und schniefte dabei nur noch ein bisschen.

»Sie sollten wohl besser versuchen, Ihre Schwägerin dazu zu bringen, Ihnen die Tür zu öffnen.«

»Befürchten Sie etwas?«

Er gab auch auf diese Frage keine Antwort, aber er schien nicht beunruhigt, sondern bemerkte nur:

»Der Kommissar wird sicher mit ihr sprechen wollen. Das wird sich nicht vermeiden lassen.«

Wie die meisten Türen des Hauses stand auch die Küchentür offen. Die Stille in der Küche fiel ihm auf, und er fragte:

»Ist das Mädchen nicht da?«

»Sie ist gestern ohne ein Wort weggegangen. Heute Morgen wurde eine andere erwartet, die aber nicht gekommen ist.«

Er nahm es kommentarlos hin. Er zog einen Block aus der Tasche, schraubte den Füllhalter auf und begann an einer Ecke des Tisches zu schreiben.

»Vielleicht schläft das Kind weiter, wenn Sie es hinlegen. Sie sollten es versuchen. Es ist schwer.«

Jeanne ging zum zweiten Mal zur Treppe, stieg langsam und vorsichtig hinauf; sie fühlte den kleinen Körper warm und feucht an ihrer Schulter ruhen. In der ersten Etage machte sie sich nicht die Mühe anzuklopfen. Alice hatte das Fenster, das zur Uferstraße lag, geöffnet und lehnte sich hinaus, ihr kurzes schwarzes Kleid zwischen die Schenkel geklemmt. Sie rauchte eine Zigarette, deren Rauch man über ihrer Mähne aufsteigen sah.

Jeanne legte das Kind vorsichtig in sein Bettchen. Alice drehte sich auf das Geräusch hin um und maulte:

»Haben Sie schon genug von ihm? Wenn Sie ihn jetzt hinlegen, wird er aufwachen und wieder laut zu schreien anfangen.«

»Psst!«

»Wie Sie wollen. Also, meine Schwiegermutter antwortet nicht. Sie können ja mal versuchen, ob Sie sie zur Vernunft bringen. Vielleicht haben Sie mehr Glück.«

»Weint sie?«

Die Göre zuckte mit den Schultern. Sie war wirklich mehr Göre als Frau, hatte den unfertigen und biegsamen Körper einer Halbwüchsigen und einen wirren Haarschopf, der ihr immerzu über die Augen fiel und den sie mit einer ungeduldigen Bewegung zurückwarf, was wie ein Tick wirkte.

»Sie werden sehen, dass Madeleine erst wieder hier auftaucht, wenn alles vorbei ist!«

Jeanne konnte Madeleine nicht zuordnen. Es musste die Tochter von Louise sein, die sie bereits erwähnt hatte. Sie hatte außerdem von einem Sohn gesprochen. Weder die Tochter noch der Sohn waren zu Hause.

Sie klopfte an die Tür eines Zimmers, das das Zimmer ihrer Eltern gewesen war, das Zimmer, in dem, wie ihr plötzlich einfiel, sie und ihre Brüder zur Welt gekommen waren.

»Louise. Ich bin's, Jeanne. Doktor Bernard lässt dir

sagen, du solltest jetzt unbedingt aufmachen. Der Kommissar wird gleich hier sein und mit dir sprechen wollen.«

Zunächst nur ein Schweigen. Ein kaum hörbares Knacken aus der Richtung, wo das Bett stand.

»Hör zu, Louise. Es geht nicht anders. Du musst dich zusammennehmen und zeigen, dass du …«

Es war ihr gar nicht bewusst, dass sie angefangen hatte, ihre Schwägerin zu duzen, bloß weil sie ihre Schwägerin war.

»Es werden sicher auch bald Leute kommen und dir ihr Beileid aussprechen wollen. Deine Kinder werden nach Hause kommen.«

Ein bitteres Lachen war zu hören.

»Mach mir nur einen Augenblick auf, damit ich mit dir reden kann …«

Louise musste wie eine Katze auf Zehenspitzen durch das Zimmer geschlichen sein, denn Jeanne, die das Ohr an der Tür hatte, hörte kein Geräusch und war völlig überrascht, als die Tür plötzlich aufgerissen wurde.

»Was willst du von mir?«

Sie war nicht wiederzuerkennen. Die Haare waren aufgelöst, das Gesicht wirkte noch verfallener, noch verhärmter, das schwarze Kleid stand offen, ließ die Unterwäsche und den Ansatz des weißen schlaffen Busens sehen.

Sie richtete einen harten bösen Blick auf Jeanne, hatte einen Zug sadistischer Genugtuung um ihren Mund und zischte ihr aus nächster Nähe, so nahe, dass es fast ein Anspucken war, entgegen:

»Was suchst du hier, he? Wage, das zu sagen! Wage bloß, das zu sagen!«

Jeanne durchschaute sie schlagartig, aber sie rührte sich nicht, antwortete nicht. Ihre Entdeckung ließ sie erstarren, machte sie stumm, widerstandslos. Sie hatte den Geruch erkannt. Sie erkannte auch die Augen, die sie zu verschlingen schienen, dieses gequälte Gesicht, diese abgehackten und gleichzeitig schlaffen Bewegungen.

»Soll ich dir sagen, was du hier suchst? Du bist gestern gekommen, nicht wahr? Und bestimmt hat dein armer Bruder das gewusst. Vielleicht hast du ihm geschrieben, um deine Ankunft mitzuteilen, oder du hast ihn angerufen. Vielleicht ist auch jemand hier gewesen und hat ihm gesagt, er hätte dich in der Stadt getroffen. Spiel bloß nicht die Unschuldige! Du hast schon verstanden! Du hast mich sehr gut verstanden. Du weißt ganz genau, dass du es bist, du mit deinem Heimkehrergesicht, die ihn getötet hat!«

Sie schien sich wieder auf ihr ungemachtes Bett zubewegen zu wollen und suchte, ohne ihre Schwägerin anzusehen, nach einem Wort, das geeignet war, ihre Gefühle auszudrücken. Sie fand es, ein ganz gemeines, und stieß es zwischen den Zähnen hervor:

»Du Aas!«

Dann, als ob ihr das neue Kraft verliehen hätte und ihr jetzt alles egal wäre, fuhr sie wütend fort:

»Nur keine Hemmungen, Jeanne! Verlange das Kassenbuch! Worauf wartest du? Verkauf du nur alles! Du hast recht. Dir gehört ja sicher alles hier. Stell dir vor, das hab ich schon immer gewusst! Ich bin nämlich eine Frau und habe Antennen. Ich wusste, dass du eines Tages wiederkommen würdest mit diesem Gesicht da. Wenn du dich auch tot gestellt hast, ich bin nicht drauf reingefallen. Und übrigens hat dich jemand gesehen da unten in einem von diesen Drecksländern, wo du gelebt hast. Also, verlange deine Erbschaft. Verlange alles, was dir zusteht! Stell deine Forderungen! Du weißt ja, dass du das Recht dazu hast. Dein Bruder hat sicher nicht den Mut gehabt, dir beizubringen, dass hier nicht mehr viel zu holen ist, dass vielleicht nur noch Schulden da sind. Aber heute gehört mein Bett noch mir, und kein Mensch wird mich daraus vertreiben. Sag das dem Kommissar. Erzähl ihm, was du willst, aber lass mich verdammt noch mal in Ruhe, hörst du, lass mich in Ruhe!«

Sie hatte ihr die letzten Worte mit überschnappender Stimme zugeschrien und die Tür mit lautem Knall hinter sich zugeworfen. Jeanne bekam sie an die Stirn und fasste sich unwillkürlich an die schmerzende Stelle.

Als sie sich umwandte, stand Alice ruhig und mit spöttischer Miene hinter ihr, als ob sie entweder nichts gehört oder derartige Szenen schon allzu oft erlebt hätte. Sie steckte sich eine Zigarette an ihrer eben aufgerauchten an, zerdrückte die Kippe mit ihrem Absatz und sagte:

»Sie werden sich daran gewöhnen. Morgen hat sie keine Ahnung mehr davon, oder sie bittet Sie heulend um Verzeihung.«

»Wann bekommt der Kleine seine nächste Mahlzeit?«

»Sie kennen sich da aus? Ich dachte, Sie hätten keine

Kinder gehabt. Er bekommt jetzt dreimal am Tag zu essen. Um zwölf das zweite Mal.«

»Was bekommt er?«

»Seine Flasche. Die Milch ist im Kühlschrank. Dann Gemüsebrei. Wollen Sie sich darum kümmern?«

Als Jeanne nach unten ging, hielt das Auto des Kommissars vor der Toreinfahrt, und sie öffnete ihm. Der Mann stammte nicht aus der Gegend. Es gab hier keine Familie seines Namens. Er hatte ungefähr das Alter des Arztes und hielt sie offenbar für eine Hausangestellte.

»Ist Doktor Bernard noch da?«, fragte er im Vorbeigehen.

»Er wartet im Esszimmer auf Sie.«

Sie ließ die beiden taktvoll allein und ging, vielleicht weil sie nicht wusste, wohin mit sich, in die Küche. Das war jetzt eine moderne Küche, so wie man sie in Prospekten findet, mit schneeweißen Vitrinen und elektrischen Geräten, die in nichts mehr an die Küche von früher erinnerte. Sie öffnete den Kühlschrank und inspizierte unwillkürlich den Inhalt. Als sie ein Roastbeef entdeckte, das schon in seinem Speckmantel dalag, warf sie einen Blick auf die Küchenuhr und drehte nach kurzer Überlegung die Knöpfe des elektrischen Herdes.

Die Spülkammer dahinter, die zum Hof lag, gab es noch, aber die Wände waren weiß lackiert. Obst und Gemüse lagen in weißen Regalen.

Die beiden Männer stiegen die Treppe hinauf. Ihr Stimmengemurmel verlor sich im Treppenhaus. Im Spülbecken sah sie Tassen mit Resten von Milchkaffee, schmutzige Teller, Besteck. Ihr fiel ein, dass auch in den Zimmern Geschirr herumgestanden hatte und dass sie vergessen hatte, es mit herunterzunehmen.

Jeanne handelte instinktiv, überlegte nicht lange, redete sich selbst gut zu, doch ihr Gesicht war traurig geworden. Hinter der Tür hing eine blaue Schürze. Sie nahm sie, streifte sie sich über den Kopf und band sie im Rücken zusammen. Ihre kurzen Ärmel brauchte sie nicht aufzukrempeln. Das Wasser aus dem Hahn wurde fast sofort warm, dann sehr heiß. Ohne lange zu suchen, fand sie Seifenpulver und Wischlappen, während der Wasserdampf schon die Scheiben beschlug. Das Klappern der Teller, die aneinanderschlugen, war ihr ein vertrautes Geräusch, und als sie etwas später jemanden an der offenen Küchentür husten hörte, war sie ganz überrascht.

Es war der Polizeikommissar.

»Bitte entschuldigen Sie wegen vorhin. Ich wusste nicht, wer Sie sind. Erlauben Sie, dass ich Ihnen mein Beileid ausspreche. Doktor Bernard sagte mir, es sei vielleicht ratsamer, Madame Martineau heute Morgen nicht zu stören, und ich verstehe das. Würden Sie ihr bitte mein Beileid übermitteln und ihr sagen, dass ich tun werde, was in meinen Kräften steht, um die Formalitäten auf ein Minimum zu reduzieren.«

»Soll der Tote oben bleiben?«

»Das ist nicht unbedingt nötig, da ja alles klar ist. Eine Autopsie steht wohl nicht zur Debatte. Sie können also umgehend dem Beerdigungsinstitut Bescheid sagen. Ich glaube«, sein Blick fiel auf das dampfende Geschirr, das sie wusch, »das sollte in Anbetracht der Jahreszeit als Erstes getan werden.«

Der Doktor stand unbeweglich hinter ihm mit der Miene eines Mannes, der gelassen zur Kenntnis nimmt, was geschieht.

»Ich glaube nicht, dass Ihre Schwägerin mich heute noch braucht«, sagte er. »Wenn es aber doch nötig sein sollte, können Sie mich den ganzen Tag zu Hause erreichen.«

Jeanne antwortete nur:

»Danke.«

Es war halb zwölf, als der Vertreter des Beerdigungsinstituts, begleitet von zwei Männern, vorsprach. Um ihr Gewissen zu beruhigen, klopfte Jeanne an die Tür ihrer Schwägerin, erhielt aber keine Antwort. Sie hatte vergessen, die Schürze wieder abzubinden. Ihre Hände rochen nach Zwiebeln.

»Es wäre bestimmt das Beste, ihn im blauen Zimmer aufzubahren«, sagte sie, nachdem sie einen Blick in die erste Etage geworfen hatte.

Alice, die ihr gefolgt war, murmelte schlecht gelaunt:

»Das ist das Zimmer von Mad.«

»Und das daneben?«

»Das von Henri.«

»Einer von beiden muss im zweiten Stock schlafen. Wir können den Toten nicht da oben lassen.«

»Das müssen Sie mit ihnen ausmachen. Ich schlafe jedenfalls heute Nacht nicht in diesem Haus.«

Jeanne antwortete nicht. Die beiden Leichenträger holten den Toten herunter und schlossen sich mit ihm ein.

Auf der anderen Seite der Brücke war ein breites Band über die Straße gespannt worden, und auf dem Trottoir hatte sich eine Menschenmenge versammelt, wie man durch die geöffneten Fenster deutlich sehen konnte. Die Terrasse des Anneau d'Or quoll über, und Raphaëls Lockenkopf tauchte einen Augenblick in der Sonne auf. Es fand ein Radrennen statt. Alles wartete auf die ersten Fahrer, die oben an der Steigung schon angekündigt wurden.

»Wo ist Madeleine denn hingegangen?«, fragte Jeanne.

»Glauben Sie, dass sie mir ihre Geheimnisse anvertraut?«

»Wann ist sie weggegangen?«

»Heute früh, kurz bevor der Kleine aufgewacht ist. Es war so gegen sechs Uhr.«

»Ganz allein?«

»Bestimmt nicht. Sie ist mit dem Auto abgeholt worden. Ich habe es am Quai hupen hören, und danach ist sie hinuntergegangen.«

»Wer war das?«

»Freunde.«

»Was für Freunde?«

»Jungen auf jeden Fall. Sie können sie fragen, wenn sie wieder da ist. Ich weiß nur, dass sie Shorts anhat, denn es fehlt kein Kleid in ihrem Schrank.«

»Besteht die Möglichkeit, dass sie bald zurückkommt?«

»Eher morgen früh. Ich wette, sie ist zum Baden nach Royan gefahren.«

»Und ihr Bruder?«

»Sie haben doch gehört, was seine Mutter Ihnen gesagt hat. Henri hat wieder einmal das Auto geklaut. Ich weiß nicht, wie er den Schlüssel gefunden hat. Sein Vater hatte ihn versteckt.«

»Wie alt ist er?«

»Henri? Neunzehn.«

»Und Madeleine?«

»Sie als ihre Tante wissen das nicht? Allerdings ...«

Sie biss sich auf die Lippen, doch so, dass es für alle deutlich sichtbar war.

»Allerdings was?«

»Nichts. Mich geht das nichts an. Wenn ich richtig verstanden habe, sind Sie hierhergekommen, um im Haus zu wohnen?«

Sie starrte auf die blaue Schürze ihrer Tante, wartete indes die Antwort nicht ab, weil sie ihr offenbar von vornherein klar war, und setzte hinzu:

»Und ich, falls Sie das auch wissen wollen, bin vor einer Woche zwanzig geworden und habe genau fünf Monate mit meinem Mann zusammengelebt. Vielleicht begreifen Sie, was das heißt?«

»Ich glaube, das Kind ist aufgewacht.«

»Verdammt! Immer das Kind! Vielleicht gehen besser Sie hinauf. Sie haben mehr Glück mit ihm als ich.«

»Ich mache unten seine Mahlzeit fertig, und unterdessen kümmerst du dich um ihn. Hast du verstanden?«

Sie war noch nie so ruhig gewesen, und ihre Nichte öffnete nicht einmal den Mund, um zu protestieren. Sie begnügte sich damit, ihr hinter ihrem Rücken eine Grimasse zu schneiden und sich eine Zigarette anzuzünden, bevor sie die Treppe hinaufging.

Als Jeanne den Ofen öffnete, ertönte es wie Musik in der Küche. Das Brutzeln der Soße, mit der sie den Braten begoss, klang wie das nächtliche Grillenzirpen auf den Wiesen. Die Deckel klapperten auf den Töpfen, aus denen der Dampf entwich.

»Da haben wir's! Fang nur an zu schreien, du unerträgliches Wesen! Sobald du deine Mutter siehst, heulst du! Wenn du nicht gleich still bist, bringe ich dich zu deiner Tante Jeanne …«

Die lächelte nicht, runzelte nicht die Stirn, tupfte sich nur mit einem Zipfel ihrer Schürze den Schweiß aus dem Gesicht.

Der Vertreter des Beerdigungsinstituts erschien mit einem Heft in der Hand.

»Ich will Sie nicht drängen. Ich verstehe Ihre Situation nur allzu gut, aber es geht um die Liste …«

Sie verstand nicht.

»Es müsste eine beträchtliche Menge Trauerkarten verschickt werden. Monsieur Martineau war sehr bekannt, er wurde hier in der Gegend sehr geschätzt. Wegen der Kunden könnte ich mich morgen mit dem Buchhalter verständigen.«

»Ich werde das mit meiner Schwägerin besprechen.«

»Sie sollte nicht zu lange damit warten. Was die kirchliche Frage anbelangt …«

»War mein Bruder praktizierender Katholik?«

»Das glaube ich nicht. Nein. Aber er war bestimmt ein guter Christ.«

Der Mann war noch sehr jung und gab sich große Mühe, ein ernstes Gesicht zu machen.

»Ich denke, Madame Martineau wird eine Absolution am Ende der Totenmesse wünschen.«

»Ich dachte, das ist nicht möglich. Die Kirche gestattet bei einem Selbstmord nicht …«

»Verzeihung, aber ich kenne das Problem. Im Prinzip haben Sie recht. Es sind aber auch gewisse andere Punkte zu berücksichtigen, und ich weiß, dass sie wohlwollend geprüft werden. Es ist doch möglich, dass ein Mensch, der Hand an sich legt, in dem Augenblick, in dem er das tut, krank ist, krank an Körper und Geist. In einem solchen Fall zeigt sich die Kirche verständnisvoll. Ebenso wie im gegenteiligen Fall, ich meine, wenn der Tod nicht sofort eingetreten ist – und dazu genügen einige Sekunden – und wenn in dieser Zeit die Tat voll und ganz bereut wurde. Entschuldigen Sie die technischen Einzelheiten. Wenn Sie erlauben, werde ich den Pfarrer mit der gebotenen Vorsicht darauf ansprechen und Sie seine Meinung wissen lassen.«

»Ich danke Ihnen.«

Sie vergaß, ihn hinauszubegleiten. Die beiden Leichenträger warteten unter dem Torbogen. Jeanne ging zur Tür und schob mit einem längst vergessen geglaubten Handgriff wie früher den Riegel vor.

Als sie ins Haus zurückging, fühlte sie ihre Glieder schwer werden und eine große Müdigkeit in sich aufsteigen. Sie blieb einen Augenblick mitten in der Küche stehen, als wüsste sie nicht, was sie tun sollte. Auf einem Regal standen Gewürze und Flaschen nebeneinander, die zur Zubereitung von bestimmten Gerichten benutzt wurden. Auf dem Etikett einer Flasche stand *Madeira* in goldenen Buchstaben, und Jeanne machte schon eine Bewegung, hielt aber noch rechtzeitig inne. Sie brauchte nur an die Theke im Bahnhof von Poitiers zu denken und an Raphaëls blonden Haarschopf. Dann sah sie wieder die dünne Gestalt von Désirée in der schummrigen Beleuchtung des Speisesaales vor sich und glaubte ihre monotone Stimme zu hören, mit der sie ihre Geschichten erzählte.

»Ich habe drei Kinder gehabt, zwei von ihnen habe ich verloren ...«

Ihr Zimmer, ihr Bett, in das sie sich verkrochen hatte, solange es ging, in dem sie ihren eigenen Altweibergeruch geatmet hatte, der Lärm des Hotels, der zu ihr heraufdrang, die Autos auf der Straße, das Türenschlagen, die Wasserhähne, die Toilettenspülungen, die Frauen in Shorts, die durchs Haus lärmten, und die Kinder, mit denen jemand schimpfte.

Es war das erste Mal seit langer Zeit, dass ihr der Rücken wehtat. Sie war eben nicht mehr ans Treppensteigen gewöhnt. Sie hatte Stunden im Zug verbracht. Das Schiff war in einen Sturm geraten, und Jeanne war seekrank geworden. Sie hatten zu sechst in einer Kabine dritter Klasse gelegen. In Paris war sie bloß umgestiegen, war unbeirrt weitergefahren, ohne genau zu wissen, warum, sogar ohne zu wissen, was sie wollte oder was sie sich erhoffte. Hätte sie irgendwo haltgemacht – das fühlte sie ganz deutlich –, hätte sie nicht mehr die Kraft gehabt, ihren Weg fortzusetzen.

Dass sie so müde war, guter Gott! Ihre Beine waren angeschwollen, wie immer, wenn sie müde war. An diesem Vormittag hatte sie keine Zeit gehabt zu merken, dass ihr die Füße wehtaten, und hatte auch noch die ganze Zeit ihre neuen Schuhe anbehalten, die sie sich extra für hier gekauft hatte.

Das Kind schrie. Das war ein Ruf zur Ordnung, und in der ersten Etage beugte sich die zwanzigjährige Alice über das Geländer und rief mit unfreundlicher Stimme zu Jeanne hinunter:

»Ich dachte, Sie wollten ihm etwas zu essen hinaufbringen!«

Mit einer Bewegung, die schon ganz automatisch war, wischte Jeanne sich mit der Schürze über die Stirn, nahm lächelnd eine kleine Schale aus der Anrichte und rief:

»Es ist sofort fertig! Ich komme …«

3

Gegen zwei Uhr begann sich die Sonne zu verkriechen, und im selben Moment blähten mehrere Windstöße die Gardinen auf und ließen die Türen zuschlagen. Dann, plötzlich, war kein Hauch mehr zu spüren, die Luft wurde drückend und schwül und blieb es bis zum ersten Donnerschlag, der erst viel später krachte.

Diese Windstöße, die jedes andere Geräusch übertönten, hatten zur Folge, dass Jeanne Alice' Weggehen erst im letzten Augenblick bemerkte. Die junge Frau hatte nicht mehr von ihrer Abneigung gesprochen, in einem Haus zu schlafen, in dem ein Toter lag. Es hatte ausgesehen, als habe sie das in ihrer Erregung nur so dahingesagt.

Sie hatte mit übereinandergeschlagenen Beinen und ins Gesicht hängenden Haaren auf dem Rand ihres ungemachten Bettes gesessen, über das sie lediglich die Tagesdecke geworfen hatte, und Jeanne zugesehen, wie sie den Kleinen fütterte. Sie war mit ihren Gedanken ganz woanders gewesen und wirkte mit einem Mal ruhiger.

»Er ist immerhin mein Großneffe, und ich weiß noch nicht einmal, wie er heißt«, hatte Jeanne bemerkt.

Und Alice hatte ihr geantwortet:

»Wir wollten ihn zuerst Julien nennen, nach seinem

Vater, aber dann hatte ich Angst, ihm den Namen von jemandem zu geben, der auf so gewaltsame Weise umgekommen ist. Ich bin eben ein bisschen abergläubisch. Dann hat meine Schwiegermutter darauf bestanden, dass er Robert heißen soll wie ihr Mann. Alle nennen ihn Bob. Ich mag das nicht, aber inzwischen sage ich wie alle anderen auch Bob zu ihm. Ich kann nicht verstehen, warum er so abweisend zu mir ist. Im Grunde ist er gar kein schwieriges Kind. Er scheint mich einfach nicht zu mögen. Ich weiß genau, wenn ich jetzt versuchen würde, ihm den Rest von seinem Brei zu geben, würde er anfangen zu schreien.«

»Wahrscheinlich, weil Sie nervös sind.«

»Glauben Sie, dass er das spürt?«

»Ganz bestimmt.«

Das Kind hatte seinen Gemüsebrei aufgegessen und war fast unmittelbar danach eingeschlafen.

»Kommen Sie jetzt zum Essen, Alice.«

Jeanne war zu der noch immer verschlossenen Tür ihrer Schwägerin gegangen und hatte ihr, ohne sich viel davon zu versprechen, zugerufen:

»Das Mittagessen ist fertig, Louise. Du kannst nach unten kommen, wann du möchtest. Wenn es dir lieber ist, bringe ich dir etwas herauf.«

Jeanne hatte im Esszimmer drei Gedecke aufgelegt, aber sie waren nur zu zweit, und Alice war ganz erstaunt gewesen, dass Jeanne gekocht hatte. Nach dem Essen hatte Alice ihr weder angeboten, den Tisch abzudecken, noch, beim Abwasch zu helfen. Sie war scheinbar ziellos im Haus herumgelaufen, hatte dann den Hof überquert und war im Büro verschwunden. Später hatte ihre Tante begriffen, dass sie telefonieren und nicht gestört werden wollte.

Danach war sie, offenbar ohne besondere Absicht, wieder in ihr Zimmer hinaufgegangen. Der Kleine war nicht wach geworden. Das Laub der Bäume hatte zu rauschen begonnen. Dann war vor dem Haus ein dreimaliges Hupen zu hören gewesen. Jeanne hatte kaum Zeit gehabt, sich bewusst zu werden, was geschah, als sie hörte, wie die Haustür sich öffnete und wieder schloss und kurz darauf ein Wagen wegfuhr.

Sie hatte in aller Ruhe ihre Hausarbeit beendet. Weil es windig war, hatte sie überall im Haus die Fenster geschlossen. Dann war sie in das blaue Zimmer gegangen, in das man ihren Bruder gebracht hatte, um ihn später dort aufzubahren.

Die Männer vom Beerdigungsinstitut hatten ihre Sache sehr gut gemacht. Durch die herabgelassenen Stores fiel ein sanftes gelbes Licht, und der Raum strahlte schon jetzt die würdevolle Ruhe eines Totenzimmers aus. Um Roberts Kopf war ein weißes Band gebunden, das sein Kinn hochhielt, und sein Gesicht hatte das grinsende Entsetzen verloren, das es am Strick gehabt hatte. Man hatte ihm ein weißes, leicht gestärktes Hemd angezogen, und das blendende Weiß hob sich stark von dem wächsernen Weiß des Körpers und der Kerzen ab, die noch nicht angezündet waren.

Jeanne hatte keine Angst vor Toten. Sie zog einen

Stuhl zum Kopfende des Bettes und setzte sich darauf, die Hände im Schoß, den Kopf ein wenig vorgebeugt, als wolle sie sich mit ihm unterhalten, und manchmal bewegten sich ihre Lippen, als richte sie wirklich das Wort an ihn.

Armer dicker Junge! Er war noch dicker, noch weichlicher geworden, als sie erwartet hatte. Seine Mitschüler hatten ihn »Gummiball« genannt, und er gab vor, darüber zu lachen, war aber zutiefst verletzt gewesen, und sie hatte ihn heimlich weinen sehen. Damals war sein Gesicht rosa wie bei einem Schweinchen gewesen, er hatte treuherzige Augen gehabt und eine gesunde, frische Haut.

Er war der Jüngste, den keiner ernst nahm. Es gab noch zwei Brüder, Maurice und Gaston. Beide waren kurz hintereinander 1914 im ersten Kriegsmonat gefallen. Robert, der damals noch zur Schule ging, wollte sich unter allen Umständen auch zum Militär melden und war gekränkt – insgeheim viel tiefer getroffen, als man geglaubt hatte –, als er zwei Jahre später von der Musterungskommission zurückgestellt wurde.

»Sie haben mir nicht einmal gesagt, warum!«, hatte er sich empört. Sein Vater hatte nur mit den Schultern gezuckt.

Armer dicker Junge! Er zitterte und stotterte vor seinem Vater. Den Mädchen gegenüber war er schüchtern. Bis zu seinem zwanzigsten Lebensjahr hatte er, vielleicht weil sein Vater viel trank, noch kein Glas Alkohol angerührt. Seine erste Zigarette hatte er, nur um es den andern gleichzutun, auf der Universität geraucht, die er zwei Jahre lang besucht hatte.

Jeanne fragte sich, unter welchen Umständen er Louise kennengelernt und vor allem wie er sich in sie verliebt und wie er ihr seine Liebe gestanden hatte. Sie selbst war zu dieser Zeit schon ausgezogen und wechselte kaum Briefe mit ihrer Familie. Sie hatte nur erfahren, dass sie geheiratet hatten, und später, dass ihr erstes Kind zur Welt gekommen war, Julien, der durch einen Autounfall ums Leben kommen sollte.

Leere und Schweigen herrschten in dem großen Haus. Irgendwo schlief Louise wohl hinter ihrer verschlossenen Tür einen bleiernen Schlaf.

Jeanne musste aufstehen, weil der Kleine in seinem Bett unruhig wurde.

»Du bist dran, kleiner Mann! Ich bin sicher, du wirst dir ganz große Mühe geben und lieb zu deiner alten Tante Jeanne sein!«

Bob schien sie verstanden zu haben. Er sah sie ernsthaft, aber furchtlos an, ohne allzu erstaunt zu sein, sie an seinem Bett zu sehen. Er ließ sich von ihr auf den Arm nehmen und blickte um sich, als sie ihn wickelte. Dann sah er sie wieder an, als sei er beruhigt, runzelte die Stirn und lächelte ihr zu.

»Es ist ganz still im Haus, siehst du? Tante Jeanne wird dir jetzt dein Abendbrot geben und dich wieder ins Bett legen.«

Als sie das Zimmer verließ und durch die anderen

Räume ging, wo die Stores noch nicht herabgelassen waren, sah sie, dass der Himmel eine bleierne Farbe angenommen hatte. Die Straße war in ein verfrühtes Zwielicht getaucht, die hellen Anzüge und die weißen Häuser wirkten bleich und fahl.

Um vier Uhr zerrissen die ersten Blitze die Wolkenmassen, die über dem Bahnhof hingen, doch noch war kein Donner zu hören, und es regnete auch noch nicht. Die Luft blieb unbeweglich und heiß.

»Tante Jeanne müsste jetzt aber trotzdem mal zum Hotel laufen und ihren Koffer holen!«

Sie hätte beinahe die Brücke mit dem Säugling auf dem Arm überquert, aber eine dunkle Vorahnung hinderte sie daran, das Haus zu verlassen. Weil sie sich nicht umziehen konnte, blieb sie in ihren Kleidern, die ihr am Körper klebten, und den Schuhen, die sie schmerzten und die sie auszog, wenn sie saß.

Um halb fünf klingelte das Telefon. Sie zögerte hinzugehen, fragte sich, ob ihre Schwägerin nicht den Hörer in ihrem Zimmer abnehmen würde. Das Läuten hörte nicht auf, wurde unerträglich laut, und Bob begann unruhig zu werden. Da nahm sie ihn auf den Arm, ging mit ihm ins Esszimmer und hob den Hörer ab.

»Hallo! Bist du's, Alice? Hier ist Henri. Ist mein Vater zu Hause?«

Sie wollte ihn aufklären, aber er ließ ihr keine Zeit dazu. Seine Fragen überstürzten sich, und im Hintergrund war ein Lärm, der sich anhörte wie Motorengeräusch.

»Was hat er für eine Laune? Ist Maman bei ihm? Es ist

ganz wichtig, dass ich das weiß. Wo ist er? Was macht er gerade? Was hat er gesagt, als sein Wagen weg war?«

»Alice ist weggegangen«, konnte sie endlich sagen.

Schweigen am anderen Ende der Leitung. Der Junge war offenbar ratlos.

»Wer ist am Apparat?«, fragte er misstrauisch.

»Tante Jeanne, die Schwester deines Vaters.«

»Die aus Südamerika? Sie sind zu Hause? Ich möchte mit meinem Vater sprechen.«

»Das ist jetzt nicht möglich.«

»Ich muss ihn aber sofort sprechen. Es ist ganz, ganz wichtig. Ist er weggegangen?«

»Nein.«

»Also, was? Warum wollen Sie ihn mir nicht geben?«

Seine Stimme wurde ungeduldig, aggressiv.

»Weil er dich nicht hören kann.«

»Ist er krank? Ist es, weil ich mit dem Auto weggefahren bin?«

»Nein.«

Ein Zögern.

»Hat Maman etwas angestellt?«

»Dein Vater ist tot, Henri.«

Erneut ein Schweigen, länger, bedrückender, dazu die schwache Stimme des Jungen, der zu jemandem neben ihm sagte:

»Mein Vater ist tot.«

»Bist du noch am Apparat? Hörst du mich?«

»Ja. Wo ist Maman?«

»Deine Mutter hat sich hingelegt.«

Er murmelte:

»Ich verstehe.«

»Wo bist du jetzt? Warum rufst du hier an?«

Sie hatte den Eindruck, er weine, vielleicht weniger aus Kummer als aus Verzweiflung. Er hatte wohl das Gefühl, alles habe sich gegen ihn verschworen.

»Ich bin weit weg. Ich weiß nicht, was ich machen soll. Ich kann nicht nach Hause kommen.«

»Wo bist du?«

»In einem kleinen Ort in Calvados, mehr als dreihundert Kilometer von zu Hause. Der Wagen hatte eine Panne, irgendwas Wichtiges, im Getriebe. Die Leute in der Werkstatt arbeiten schon über eine Stunde daran. Ich habe keine Verbindung bekommen. Ich weiß nicht, was in der Leitung los ist. Sie lassen mich nicht mit dem Auto losfahren, wenn ich die Reparatur nicht bezahle, und ich habe kein Geld. Ich wollte, dass mein Vater dem Inhaber sagt ...«

»Ruf ihn an den Apparat.«

Als sie dem Mann versprochen hatte, dass er bezahlt werden würde, war wieder die Stimme des Jungen zu hören.

»Danke, Tante.«

»Bist du allein?«

Er zögerte.

»Nein.«

»Mit Freunden?«

»Mit einem Freund und zwei Freundinnen. Besser, ich sag's Ihnen gleich, zumal Sie's ja sowieso erfahren.«

»Versprichst du mir, ganz vorsichtig zu fahren?«

»Ja.«

»Ich werde die ganze Nacht auf dich warten. Beeil dich nicht.«

»Danke.«

Sie schwiegen wieder, und weil keiner mehr etwas zu sagen wusste, hängten sie auf.

»Ich glaube, du brauchst schon wieder 'ne neue Windel, du kleiner Scheißer!«

Sie stieg einmal mehr die Treppe hoch, die steiler als in ihrer Erinnerung war. Dann stieg sie wieder hinunter und setzte den Kleinen in der Küche auf den Fußboden, während sie seinen Brei kochte. Er krabbelte um sie herum und spielte mit seinen Füßen. Sie hatte Zeit, ihn zu füttern, ihn sauber zu machen und ihn zu Bett zu bringen, bevor das Gewitter losbrach. Als die ersten Donnerschläge rollten, saß sie in der Küche und aß ein Stück Käse. Sie hatte nur in der Küche Licht gemacht.

Dann, mit einem Mal, goss es wie aus Gießkannen, trommelte auf das Blechdach des Büros, auf die Pflastersteine im Hof, die schwarz und glänzend wurden, und auf die Fensterbrüstungen, das Wasser strömte gluckernd die Dachrinne hinunter. Blitz folgte auf Blitz, und bisweilen war der Donner so heftig, dass der Himmel zu bersten schien.

Wahrscheinlich hatte sie wegen dieses Lärms nichts gehört und fuhr zusammen, als sie sich umdrehte und ihre Schwägerin bleich und mit Ringen unter den glänzenden Augen im Türrahmen stehen sah. Sie hatte sich in der Dunkelheit leise heruntergetastet und aus Angst vor den Blitzen nicht gewagt, die Lichtschalter zu berühren.

Louise wusste nicht, was sie sagen oder wie sie sich verhalten sollte. Man hätte glauben können, sie sei nicht bei sich zu Hause, als empfinde sie sich als Eindringling. Sie trug nicht mehr das schwarze Kleid vom Vormittag, sondern stand in ihren dunkellila Morgenrock gehüllt da, als friere sie.

Jeanne schämte sich ein wenig, dass sie dabei überrascht wurde, wie sie hier saß und aß, und stand sofort schuldbewusst auf.

»Bleib sitzen«, sagte Louise, zog sich einen der lackierten Stühle heran und setzte sich vorn auf die Kante.

»Henri hat angerufen.«

»Ich weiß.«

»Hast du mitgehört?«

»Ja.«

»Ich war mir nicht sicher, was ich tun sollte. Ich hielt es für das Beste, ihm alles zu sagen.«

»Das war richtig von dir. Jetzt weiß er es wenigstens.«

»Möchtest du etwas essen?«

»Ich habe keinen Hunger.«

»Du hast seit heute Morgen nicht mehr gegessen.«

»Ich habe keinen Hunger.«

Sie fuhr bei einem heftigen Donnerschlag zusammen, und ihre Lippen bewegten sich, als stammle sie ein Gebet.

»Jeanne!«

»Ja.«

»Ich habe Angst!«

»Angst? Wovor?«

»Vor dem Gewitter! Vor dem Tod! Ist Alice weggegangen?«

»Ja.«

»Ich wusste, dass sie gehen würde, dass sie sich nicht trauen würde, im Haus zu schlafen, und dass sie ihr Kind nicht mitnehmen würde. Ich habe Angst, Jeanne!«

»Du brauchst dich vor nichts zu fürchten.«

»Hörst du? Es ist genau über uns.«

Man hörte tatsächlich das Krachen eines Baumes in einem Nachbargarten. Louise mit ihren überempfindlichen Nerven hielt es nicht länger auf dem Stuhl. Sie erhob sich abrupt und lief mit staksigen Schritten auf und ab.

Dann warf sie einen kurzen Blick in die Ecke, in welcher Jeanne saß und sich nicht gerührt hatte, und sagte:

»Du verachtest mich, nicht wahr?«

»Aber nein, Louise.«

»Dann hast du eben Mitleid mit mir. Das ist dasselbe.«

»Du brauchst kein Mitleid.«

»Das sagst du so, dabei denkst du das Gegenteil. Du weißt ganz genau, dass du das Gegenteil denkst! Ich habe Angst, Jeanne! Warum hat Robert das getan? Sag jetzt nicht, dass ich schuld bin. Das ist nicht wahr! Ich schwöre dir, es ist nicht wahr! Du musst mir glauben, Jeanne. Es ist unbedingt nötig, dass mir einer glaubt.

Heute Morgen war ich wie von Sinnen. Ich weiß nicht mehr, was ich alles gesagt habe, aber es war bestimmt gemein. Ich wollte dich verletzen. Ich musste dich unbedingt verletzen, weil ich sehr unglücklich war. Du glaubst mir nicht?«

»Aber ja doch.«

»Bist du sicher, dass alle Fenster fest zu sind?«

»Ich bin durchs ganze Haus gegangen.«

»Warst du auch im zweiten Stock?«

»Ich war auch im zweiten Stock.«

»Und er?«

»Alles Notwendige ist gemacht worden. Sie haben ihn ins blaue Zimmer gebracht.«

»Ich weiß. Ich habe es gehört.«

»Willst du mit mir zusammen zu ihm hinaufgehen?«

Louise schrie auf.

»Bloß das nicht! Ich kann nicht. Verstehst du denn nicht, dass das über meine Kräfte geht? Wenn ich dir doch sage, dass ich Angst habe! Ich habe Angst, ich sterbe vor Angst, und du willst mich nicht verstehen.«

»Setz dich wieder hin.«

»Ich kann einfach nicht sitzen bleiben. Mein ganzer Körper tut mir weh. Mein Kopf …«

»Ich werde dir eine Tasse Kaffee machen.«

»Das ist lieb von dir.«

Als Jeanne das Kaffeewasser aufsetzte, murmelte sie:

»Warum tust du das alles? Warum bist du ausgerechnet heute gekommen? Man könnte denken, du hast gewusst, wie es bei uns zugeht, und du wolltest …«

Ihr Gesicht veränderte sich, nahm einen gespannten Ausdruck an, und sie bekam wieder ihre forschenden Augen, wie sie sie schon als kleines Mädchen gehabt hatte.

»Du wusstest also gar nichts?«

»Nein. Ich bin gekommen, weil …«

Aber ihre Schwägerin hörte nicht zu und hing ihren eigenen Gedanken nach. Jeanne wäre auch in Verlegenheit geraten, hätte sie den Satz zu Ende führen müssen.

»Hat dir keiner geschrieben?«

»Nein.«

»Hat sich dein Bruder niemals über mich beklagt?«

»Ich habe seit zwanzig Jahren keine Post mehr von ihm bekommen. Er hat gar nicht gewusst, wo ich war!«

Es war eigenartig. Sogar Louises Stimme wechselte mit den Phasen des Gewitters. Wenn es besonders heftig blitzte und donnerte, wurde sie flehend, während eine Beruhigung und die Aussicht, dass nun alles vorüber war, sie belebten und sie hart und schneidend werden ließen. Jetzt streckte sie ihren Kopf vor, und ihr Blick war heimtückisch.

»Gib zu, du wusstest, dass dein Vater tot ist!«

»Ich habe die Anzeige zufällig in einer französischen Zeitung gelesen.«

»In Südamerika?«

Sie stellte ihr eine Falle, und nicht mal eine geschickte.

»Nein. In Kairo.«

»Es stimmt also, dass du in Kairo gelebt hast?«

»Warum?«

»Nur so.«

Hatte sie nicht gesagt, dass jemand Jeanne gesehen hatte? Sie wusste länger davon, als sie zugeben wollte.

»Meinst du die Anzeige von dem Notar?«

Jeanne hatte dort nur französische Zeitungen gelesen, die ihr zufällig in die Hände gefallen waren, und weil das selten vorkam, hatte sie sie von der ersten bis zur letzten Zeile gelesen. So war ihr Blick eines Tages auf eine Anzeige unter der Rubrik »Persönliche Mitteilungen« gefallen.

Maître Bigeois, Notar in Pont-Saint-Jean, sucht in einer dringenden Erbschaftsangelegenheit Jeanne-Marie-Hortense Martineau, geboren am 5. Juni 1894 in Pont-Saint-Jean. Madame Martineau wird gebeten, sich unverzüglich beim französischen Konsulat zu melden.

»Warum hast du kein Lebenszeichen gegeben?«

Sie zögerte und sagte müde:

»Ich weiß es selber nicht.«

»War dir klar, dass es sich um deinen Vater handelte?«

»Ja. Ein anderes Erbe stand nicht an. Aber es war bereits zu spät, um noch zum Begräbnis zu kommen. Er war schon zwei Monate tot.«

»Brauchtest du denn kein Geld?«

»Wozu sollen wir darüber reden?«

»Ich möchte mich für das entschuldigen, was ich heute Morgen gesagt habe. Ich weiß, dass es nicht wahr ist und dass du nicht aus diesem Grund zurückgekommen bist.«

»Danke. Zwei Stück Zucker?«

»Nur eins. Vor allem keine Milch.«

»Soll ich dir nicht ein Sandwich machen? Es ist kalter Braten da.«

»Ich habe keinen Hunger. Es fängt wieder an, Jeanne!«

Und als Jeanne zur Tür ging, um zu hören, ob das Kind weinte:

»Bleib bei mir. Du darfst mich nicht allein lassen. Hab ich dich sehr gekränkt?«

»Nein.«

»Was hat dir Doktor Bernard über mich gesagt?«

»Er hat nicht von dir gesprochen.«

»Wollte er mich denn nicht sehen?«

»Er hat mir geraten, dich nicht zu stören.«

»Und Alice?«

Unbeirrbar verfolgte sie einen Gedanken. Die Blitze und der Donner ließen sie bisweilen den Faden verlieren, aber sie fand ihn sehr schnell wieder und begann geduldig von neuem.

»Was hat dir Alice erzählt?«

»Dass sie zu nervös ist, um Kinder zu haben, und dass ihr Sohn sie nicht liebt.«

»Aber von mir? Sie hat bestimmt von mir gesprochen.«

Jeanne wusste genau, was sie quälte, was sie unbedingt wissen wollte. Aber wie sollte sie ihr sagen, dass sie schon von allein dahintergekommen war, dass sie kaum überrascht gewesen war und dass sie ja selbst am Abend zuvor auf dem Bahnhof von Poitiers und dann noch einmal in dem schlecht erleuchteten Speisesaal, nachdem sie sich das Geschwätz von Désirée angehört hatte …

Plötzlich sagte ihre Schwägerin voller Überzeugung:

»Ich bin eine schlechte Frau, Jeanne!«

Und es war in diesem Augenblick sicher zum Teil ehrlich gemeint.

»Aber nein! Kein Mensch ist ganz gut oder ganz schlecht.«

»Ich würde so gerne ganz gut sein. Mein Leben lang habe ich versucht, gut zu sein. Keiner glaubt mir das, keiner hat es je geglaubt. Alle Welt verabscheut mich. Sogar Robert hat mich schon seit Jahren nicht mehr so angesehen wie früher, und ich habe gemerkt, dass er sich keine Hoffnung mehr gemacht hat. Es war, als stünde eine Mauer zwischen uns oder vielmehr eine Glaswand. Wenn ich aus dem einen oder anderen Anlass weinte oder bedrückt war, zuckte sein Vater gewöhnlich mit den Schultern, zeigte auf die Tür und sagte kalt zu mir:

›Deine Grimassen kannst du in deinem Zimmer schneiden!‹

Er glaubte, ich mache es extra, ich spiele Theater, dabei habe ich in meinem Leben nie Theater gespielt!«

Wieder krachte ein Donnerschlag. Sie klammerte sich an den Arm ihrer Schwägerin und bettelte keuchend:

»Du darfst nicht abreisen, Jeanne! Du darfst mich nicht verachten, du darfst nicht denken, dass ich nur Schlechtes in mir habe. Als ich in dieses Haus kam, war ich noch ganz jung, ganz unerfahren, voll guten Willens. Ich war überzeugt, dass es mir gelingen würde, sie alle glücklich zu machen … Weißt du, wie dein Vater mich sofort genannt hat?

›Die kleine Taillefer!‹

Du erinnerst dich doch sicher, wie er geredet hat und wie alles, was er gesagt hat, bedeutend klang.

Sogar Baba, das Mädchen, das wir damals hatten, verachtete mich, und wenn ich etwas tun wollte, nahm sie mir die Sachen aus der Hand:

›Lassen Sie das!‹

Als ob ich zu nichts zu gebrauchen wäre! Als ob ich in einem Hotel wäre und nicht bei mir zu Hause.

Hör doch, Jeanne! Es kommt noch mal zurück. Das Gewitter hängt noch über der Stadt. Der alte Bernard hat immer behauptet, der Fluss ziehe die Gewitter an … Was habe ich gerade gesagt? Ich weiß es nicht mehr. Ich merke schon, ich langweile dich …«

»Trink deinen Kaffee.«

»Ja … Er ist noch zu heiß … Sogar meine Kinder … Du wirst ja sehen, wie sie zu mir sind … Was Alice betrifft, so hat sie nur einen Gedanken, nur einen Wunsch: so schnell wie möglich hier auszuziehen. Wenn es sein müsste, würde sie sogar ihr Kind im Stich lassen. Ich möchte wissen, ob sie nach der Beerdigung zurückkommt. Glaubst du, dass sie wiederkommt?«

»Davon bin ich überzeugt.«

»Ich weiß nicht. Sechs Wochen nach der Geburt ihres Sohnes habe ich sie eines Abends überrascht …«

Ein Blitz zuckte grell über sie hin, brachte Licht in die dunkelsten Winkel des Hauses, und diesmal sah es wirklich aus, als stehe das Unwetter direkt über ihnen. Louise warf sich auf die Knie und krallte sich mit beiden Händen in das Kleid ihrer Schwägerin.

»Wir werden alle sterben, du wirst sehen …«

Und Jeanne, die aufrecht in der Küche stand, konnte

nichts anderes tun, als ihr zerstreut übers Haar zu streichen.

»Ich glaube, Bob hat sich gemeldet«, sagte sie nach einer Weile.

»Er hat keine Angst. Er weiß nichts. Er ist noch zu klein. Lieber Gott, verzeih mir!«

»Psst!«

»Was ist denn?«

Als Jeanne ein paar Schritte machte, rutschte Louise ihr auf den Knien nach.

»Nein. Es ist bloß ein loser Fensterladen. Ich glaubte, es wäre das Kind.«

Ihr war bewusst, dass ihre Schwägerin dem Kind die Fürsorge, die sie ihm angedeihen ließ, missgönnte und dass die Eifersucht sehr schnell in Hass umschlagen konnte.

»Steh auf und trink deinen Kaffee. Wenn der Blitz uns treffen soll …«

»Sei bloß still, ich flehe dich an!«

»Beruhige dich jetzt. Henri wird gleich nach Hause kommen, und deine Tochter kommt sicher heute Abend auch, und du musst ihr sagen, was geschehen ist.«

»Sie kümmern sich nicht mehr um mich, als sie sich je um ihren Vater gekümmert haben, oder vielmehr, manchmal kam es schon vor, dass sie auf ihren Vater Rücksicht nahmen, dass sie Angst hatten, ihn wütend zu machen, aber auf mich …«

»Du siehst zu schwarz, Louise.«

»Was willst du damit sagen?«

»Nichts. Das, was ich gesagt habe. Du machst dir das Herz unnötig schwer, statt den Dingen ins Gesicht zu sehen.«

»Bist du sicher, dass du mir nicht etwas anderes sagen wolltest? Gib zu, dass Alice mit dir gesprochen hat.«

»Hat sie nicht. Und Doktor Bernard auch nicht. Niemand. Ich habe nur ganz einfach deinen Atem gerochen, als du mir heute Morgen die Tür aufgemacht hast, und da wusste ich Bescheid.«

»Ich ekle dich an?«

»Nein.«

»Warum nicht?«

»Weil ich weiß, wie das ist.«

»Glaubst du, dass ich etwas dafür kann?«

»Nein.«

»Dass ich ein Feigling bin?«

»Nur schwach.«

»Ich habe alles versucht. Ich habe es fertiggebracht, Tage, eine Woche, manchmal zwei, nichts anzurühren. In dieser Zeit habe ich darauf geachtet, dass nichts im Haus war, und ich bin auch nicht ins Weinlager hinübergegangen. Ich kann nicht mehr, Jeanne. Ich bin am Ende. Ich tauge zu nichts. Ich bin zu nichts mehr zu gebrauchen. Ich bin für niemanden mehr von Nutzen. Ich hätte sterben sollen. Das wäre besser gewesen …«

»Sprich nicht so.«

»Doch! Ich muss davon sprechen, weil mich seit heute Morgen ein Gedanke verfolgt. Ich habe nicht eine Minute geschlafen. Ich habe alle Geräusche gehört. Ich habe auf deine Schritte gehorcht. Die ganze Zeit habe ich nur an das eine gedacht, die ganze Zeit habe ich mir dieselbe Frage gestellt. Antworte mir ganz offen. Du hast ihn seit Jahr und Tag nicht gesehen, obwohl er dein Bruder war.

Ist es meine Schuld? Sag es! Hat er es meinetwegen getan?

Es ist besser, wenn du es mir sagst. Es wäre entsetzlich, wenn ich mit diesem Zweifel leben müsste. Irgendjemand muss mir verzeihen ...«

»Dir ist alles verziehen.«

»Du verzeihst mir auch?«

»Ich habe dir nichts zu verzeihen.«

»Verzeihst du mir im Namen deines Bruders?«

»Ich bin überzeugt, dass er dir nie etwas übel genommen hat. Er ist es doch, der dich um Verzeihung gebeten hat, bevor er fortgegangen ist.«

Louise murmelte nachdenklich:

»Das ist wahr!«

Aber sie schlug sich immer noch mit ihren schwarzen, düsteren Gedanken herum und suchte anscheinend verzweifelt nach einem Ausweg. Wenn ein Hoffnungsschimmer in ihren Augen aufglomm, dann immer nur für einzelne Sekunden, gefolgt von einer noch tieferen Niedergeschlagenheit.

»Robert war eben gut. Ich bin es nicht. Ich hab's versucht. Ich konnte es nicht. Ich werde es niemals können. Vor allem darfst du mich nicht verlassen, Jeanne. Ich will nicht allein in diesem Haus bleiben. Ich will dem Blick meiner Kinder nicht begegnen, wenn sie nach Hause kommen. Du hast ja gesehen, Alice hatte heute Morgen kein bisschen Mitleid mit mir. Niemand hat je welches gehabt.

Doch, Robert schon! Aber selbst er hatte es schließlich satt. So ist alles gekommen, verstehst du? Anfangs hatte er noch Hoffnung, dann aber hat er eingesehen, dass alles nichts nützt, dass nichts mehr zu machen ist, und hat sich abgewandt. Mit den Jahren hat er sich immer mehr von mir abgewandt. Er hat zwar immer noch gelacht und Witze gemacht, aber nur, wenn Besuch da war oder wenn er glaubte, mit den Kindern allein zu sein. Er hat sogar manchmal gesungen, wenn er sich anzog, aber ich brauchte nur ins Zimmer zu kommen, und er setzte sofort ein gleichgültiges Gesicht auf.«

»Das bildest du dir bestimmt ein.«

»Ich könnte dir sogar genau sagen, wann es angefangen hat. Es war unmittelbar nach dem Tod seines Vaters vor zehn Jahren. Die Kinder waren noch klein, das Geschäft lief gut. Wir verdienten viel Geld, und zu diesem Zeitpunkt hatten wir voller Elan angefangen, das Haus zu modernisieren ... Jeanne! ... Die Brücke! ...«

Aber der Blitz hatte nicht in die Brücke vor dem Haus eingeschlagen. Und nun war wieder das Prasseln des Regens zu hören. Da saßen sie beide in der weißen, hell erleuchteten Küche, während das übrige Haus im Dunkeln lag, und keine wäre auf den Gedanken gekommen, sich woandershin zu setzen.

»Wenn ich hier schlafen soll, müsste ich im Anneau d'Or anrufen, um Bescheid zu sagen.«

»Nur nicht während des Gewitters, das ist viel zu gefährlich.«

»Wenn es aufgehört hat, kann ich schnell mal rüberspringen und meinen Koffer holen.«

Jeanne nahm die Schürze vom Haken, die schon ihre Schürze geworden war, und knotete sie im Rücken zusammen.

»Was machst du da?«

»Ich will das Abendessen vorbereiten.«

»Für wen?«

»Für dich, für mich, für die Kinder, wenn sie nach Hause kommen.«

»Und wenn sie mitten in der Nacht kommen?«

Jeanne antwortete nicht und machte sich an die Arbeit. Louise blieb stehen, lehnte sich an das Spülbecken, fühlte sich überflüssig und beobachtete ihre Schwägerin, die hin und her ging.

»Ich weiß nicht, wie du das machst.«

»Wie ich was mache?«

Was sollte sie ihr darauf auch antworten? Jeanne hatte schon verstanden, doch wie sollte sie es ihr erklären? Außerdem hätte es viel zu lange gedauert.

»Noch eine Tasse Kaffee?«

»Danke. Du bist sehr lieb.«

»Das Einzige, was ich im Haus nicht gefunden habe, ist der Mülleimer. Früher war er im Hof links von der Tür.«

Louise machte zwei Schritte und öffnete einen lackierten Schieber, der zu einem Müllschlucker gehörte.

»Was kann ich tun, um dir zu helfen?«, erkundigte sie sich halbherzig.

»Nichts. Setz dich. Das Gewitter lässt schon nach.«

»Glaubst du?«

»Es wird gleich vorbei sein. Ich habe dem Herrn vom Bestattungsinstitut versprochen, ihn heute Abend wegen der Trauerfeier anzurufen. Er braucht die Liste so bald wie möglich. Wegen der Kunden wird er sich morgen Vormittag mit dem Buchhalter in Verbindung setzen. Er hofft, beim Bischof zu erreichen, dass am Schluss der Totenmesse eine Absolution erteilt wird.«

Louise verstand nicht sofort. Ihre Pupillen zogen sich in solchen Augenblicken wie bei einer Katze misstrauisch zusammen, wurden zu winzigen funkelnden Punkten.

»Ah ja! Daran hatte ich nicht gedacht.«

Sie merkte nicht, dass nach und nach wieder Ruhe einkehrte, dass der Regen nur noch in einzelnen Tropfen fiel und sich die Stille der Nacht in der Küche und im Haus ausbreitete.

Von Zeit zu Zeit ging Jeanne zu der halb offenen Tür, um zu horchen, ob der Kleine im oberen Stockwerk weinte.

4

Bis zum Mittwoch, dem Tag der Beerdigung, hatte Louise keine neue Krise. Sie erweckte den Eindruck, als halte sie sich in der Defensive wie jemand, der einen Entschluss gefasst hat, und Jeanne stellte fest, dass sie alle Flaschen aus dem Verkehr gezogen hatte, einschließlich der Flasche Madeira.

Als die Kinder am Sonntagabend nach dem Gewitter im Abstand von kaum einer halben Stunde nach Hause gekommen waren, zeigte sich ihre Mutter völlig teilnahmslos, reagierte nicht und spielte in ihrer Ecke nur die Rolle einer stummen Zuschauerin.

Henri war als Erster gekommen. Er hatte einen Hausschlüssel und war gegen zehn Uhr ins Haus gestürmt. Das Auto hatte er draußen im Licht des Mondes, der eben aufgegangen war, stehen lassen. Was ihn zunächst am meisten verwirrte, war, dass das Haus in völliger Dunkelheit lag. Nur in der Küche, wo die beiden Frauen beisammensaßen, brannte Licht. Er trug keinen Hut. Er hatte struppiges blondes Haar, und von seinem Vater hatte er die hellen Augen geerbt, aber er war kleiner, breitschultrig und entschieden in seinem Auftreten.

Als er über die Schwelle trat, hatte er zuerst geblendet die Stirn gerunzelt, deutlich – wenn vielleicht auch unbewusst – verstimmt, nicht in die gewohnte häusliche Atmosphäre zu kommen, seine Mutter am Küchentisch vorzufinden, wo normalerweise die Hausangestellten saßen, und ihr gegenüber eine dicke Frau mit einem Vollmondgesicht, die ihm ruhig entgegenblickte.

Er hatte herausfordernd, beinahe vorwurfsvoll, gefragt:

»Wie konnte das passieren?«

Und weil er sich automatisch erst an seine Tante gewandt hatte, drehte er sich nun seiner Mutter zu:

»Warst du da?«

Jeanne merkte, dass Louise Angst hatte, dass sie schuldbewusst zusammensank, und deshalb antwortete sie an ihrer Stelle:

»Deine Mutter war in der Messe.«

»War denn niemand im Haus?«

»Alice, die mit ihrem Kind beschäftigt war.«

»Hatte er einen Anfall?«

Henri atmete heftig, stand mit gespreizten Beinen da und sprach vielleicht deshalb so laut, weil er völlig verzweifelt war.

»Es ist besser, dich wie einen erwachsenen Menschen zu behandeln und dir lieber gleich die Wahrheit zu sagen, Henri. Schrei nicht. Erschrick nicht. Dein Vater hat sich erhängt …«

Beim Hereinkommen war Henri rot vor Aufregung und von der frischen Luft gewesen. Von einer Sekunde zur anderen wurde er aschfahl, erstarrte, und sein Adamsapfel machte einen Hüpfer.

Seine Tante war unbemerkt aufgestanden und legte ihm die Hand auf die Schultern.

»Du wirst es mit Fassung tragen, nicht wahr, Henri?«

Er duldete die Berührung einen Augenblick, dann stieß er die Hand mit einer wütenden Bewegung weg und stürzte in die Dunkelheit des Hauses, wo er auf die Treppenstufen sank und laut schluchzte.

Seine Mutter saß noch immer zusammengesunken auf ihrem Stuhl, mit so krampfhaft gefalteten Händen, dass ihre Fingergelenke weiß waren. Als sie den Mund öffnete, sah Jeanne voraus, dass sie schreien würde, und fuhr sie barsch an:

»Halt du vor allem deinen Mund! Und wenn du nicht fähig bist, dich zu beherrschen, geh auf dein Zimmer!«

Jeanne horchte, ohne sich zu rühren, auf das Schluchzen des jungen Mannes, das bald heftig wie ein Schreien klang, bald verhalten wie das Weinen eines Kindes; zuweilen verebbte es ganz, wie bei dem kleinen Bob, um danach wieder lauter zu werden. Louise ließ ihre Schwägerin nicht aus den Augen, die nur einmal kurz aufstand, um die Suppe aufzusetzen.

Dann trat Jeanne hinaus auf den Flur. Man hörte das Knacken des Lichtschalters und die sanfte, aber feste Stimme der alten Frau.

»Komm, wir gehen zu ihm! Er liegt oben. Versuch, möglichst leise zu sein, damit Bob nicht aufwacht.«

Ein Lichtschalter nach dem anderen wurde angeknipst, während Louise ganz allein und verzagt in der Küche saß, wo sich niemand um sie kümmerte.

In dem weiten Haus klangen die Stimmen nur noch wie ein Flüstern.

»Hab keine Angst, Henri, er war dir nicht böse. Er war niemandem böse. Bevor er gestorben ist, hat er euch um Verzeihung gebeten.«

Der Junge blieb, noch immer bleich, wie angewurzelt im Türrahmen stehen und wagte nicht einzutreten.

»Küss ihn.«

Sie begleitete ihn zum Bett und ließ ihn erst los, als er die Stirn seines Vaters mit den Lippen berührt hatte, und sie fühlte, wie er sich versteifte.

»Komm.«

Auf dem Treppenabsatz sträubte er sich.

»Ich will nicht runtergehen.«

»Komm. Wir können hier nicht reden.«

Schließlich stieg er vor ihr hinunter und betrat als Erster die Küche, vermied es aber, seine Mutter anzusehen.

»Du hast bestimmt noch nichts gegessen.«

»Ich mag nichts essen.«

»Nimm wenigstens einen Teller Suppe. Morgen wirst du gebraucht. Du wirst jetzt sehr gebraucht.«

Es sah aus, als störe ihn die Gegenwart seiner Mutter, als gebe er ihretwegen nicht nach. Wie ein schmollendes Kind wiederholte er:

»Ich werde aber trotzdem nichts essen.«

Jeanne achtete nicht auf das, was er sagte, und stellte ihm einen Teller hin. Voller Neugier betrachtete er diese Frau, die er nicht kannte und die sich in seinem Haus eingerichtet hatte. Sie sprach mit ihm und verhielt sich, als sei sie schon immer hier gewesen, und seine Mutter, erstaunlicherweise ruhig und gelassen, ließ sie gewähren, obwohl er erwartet hatte, sie in höchster Erregung zu finden.

»Iss!«

Er zögerte eine Sekunde, schien aufbegehren zu wollen und senkte schließlich doch den Kopf über seinen Teller.

Er aß immer noch ganz mechanisch, als seine Schwester, die keinen Schlüssel hatte, zaghaft den Türklopfer betätigte, während ein Auto, das nicht länger als einen Augenblick gehalten hatte, in die Nacht davonbrauste.

»Ich gehe!«, sagte er und erhob sich erleichtert. »Das ist Mad.«

Er stürzte zum Tor. Jeanne ließ ihn laufen. Bruder und Schwester blieben eine Zeit lang auf dem dunklen Vorplatz stehen und redeten leise miteinander, mit langen Pausen dazwischen. Dann waren ein heller Umriss und lange nackte Beine zu sehen, die schnell durch das Licht liefen, und eilige Schritte huschten die Treppe hinauf.

Henri kam allein zurück und sagte, während er sich wieder hinsetzte:

»Sie hat es schon gewusst.«

Louise wollte ihm eine Frage stellen, aber der Blick ihrer Schwägerin ließ sie schweigen. Henri wandte sich an Jeanne und berichtete, weil er das Bedürfnis hatte zu reden:

»Sie sind von der Polizei angehalten worden, weil sie am Ortseingang zu schnell gefahren waren. Sie mussten ihre Papiere vorzeigen. Der Polizist hat Mad erkannt und war erstaunt, sie dort zu sehen, obwohl ihr Vater gestorben war.«

»Wird sie hinunterkommen?«

»Ich glaube, ja. Sie zieht sich um.«

»Aber …«

Jeanne war plötzlich eingefallen, dass sie den Toten im Zimmer des jungen Mädchens aufgebahrt hatten. Henri begriff.

»Ich habe es ihr gesagt, aber sie ist trotzdem hinaufgegangen.«

Einen Augenblick später fragte er:

»Ist Alice nicht da?«

»Sie ist weggegangen. Sie wird am Tag der Beerdigung wiederkommen.«

Beim Wort »Beerdigung« hätte er beinahe wieder angefangen zu weinen, doch dann schniefte er bloß ein paarmal. Nachdem er gegessen hatte, wusste er nicht, was er tun und wie er sich verhalten sollte.

»Es wäre vielleicht ganz gut, wenn du das Auto reinfährst.«

»Ja, richtig. Das hatte ich ganz vergessen.«

»Bleib hier«, sagte Jeanne zu Louise.

Madeleine war nun schon länger als zehn Minuten oben, und so stieg ihre Tante noch einmal die Treppe hinauf. Sie sah Licht im blauen Zimmer und stieß vorsichtig die Tür auf.

Das junge Mädchen hatte ein marineblaues Kleid angezogen. Ihre durchnässten Shorts und das weiße Baumwollhemd lagen auf dem Fußboden.

Sie hatte sich auf einen Stuhl gesetzt, so weit wie möglich vom Bett entfernt, hatte die Ellbogen auf die Knie und das Kinn in die Hände gestützt, den Blick fest auf den Vater gerichtet.

Sie weinte nicht, bemerkte nicht einmal, dass ihre Tante eintrat, bis zu dem Moment, als Jeanne, wie sie es bei Henri getan hatte, ihr die Hand auf die Schulter legen wollte. Da stieß Madeleine sie mit einer raschen groben Bewegung zurück, und Jeanne hatte fast das Gefühl, als wollte sie sie schlagen.

»Du solltest runterkommen.«

Keine Antwort. Kein Blick.

»Du kannst nicht hierbleiben, Madeleine. Ich bin deine Tante Jeanne. Deine Mutter ist mit deinem Bruder unten.«

Madeleine fragte mit gepresster Stimme:

»Habe ich denn nicht das Recht, bei meinem Vater zu sein?«

»Jetzt nicht, Mad. Du musst runterkommen.«

Sie ging hinter Jeanne her, aber es war ganz offensichtlich keine Unterwerfung, eher eine Herausforderung. Ihr Gehorsam hatte etwas Hochmütiges, Verächtliches.

In der Küche sprach sie kein Wort mit ihrer Tante, sondern wandte sich an ihre Mutter, und ihre Stimme war weder sanft noch respektvoll.

»Stimmt das? Du brauchst mich?«

»Bitte, red nicht so mit mir, Mad.«

»Ruhe …«, unterbrach Jeanne. »Du musst etwas essen, Madeleine. Und dann geh schlafen, ins Zimmer deines

Bruders, und der kann sich im zweiten Stock einrichten, es sei denn, du möchtest selbst dort oben schlafen.«

Sie warf ihrer Tante einen harten Blick zu, doch ihre Lippen zitterten. Als Henri mit einer angezündeten Zigarette im Mundwinkel vom Hof zurückkam, war er überrascht.

»Was ist denn los, Mad?«, fragte er.

»Nichts. Man hat mir gesagt, ich würde gebraucht. Darauf bin ich heruntergekommen. Da das aber nicht der Fall ist …«

Er machte Anstalten, sie zurückzuhalten, ließ es dann aber, und sie ging wieder nach oben.

Jeanne kam an diesem Abend weder dazu, das Hotel zu benachrichtigen, noch, sich ihren Koffer bringen zu lassen. Sie zog einfach nur ihr Kleid aus und legte sich in ihrer Unterwäsche auf das unbenutzte Bett von Alice neben das Kind, dessen Atem sie noch lange hörte, bevor sie endlich einschlief.

Bob weckte sie gegen sechs am nächsten Morgen, als die Sonne nach dem Regen fahl durch die Gardinen drang. Sie stieg, um die anderen nicht zu stören, schnell mit dem Kind nach unten, kochte ihm seinen Brei und sich selbst eine Tasse Kaffee und ging dann um sieben mit dem Kind auf dem Arm über die Brücke zum Hôtel de l'Anneau d'Or.

Die Besitzer waren noch nicht unten, weil sie, wie immer am Sonntag, spät ins Bett gekommen waren. Im Speisesaal kehrte Raphaël das Sägemehl zwischen den Tischen mit den hochgestellten Stühlen zusammen.

»Ist Désirée da?«, fragte sie ihn.

»Um diese Zeit müsste sie gerade was essen. Die Gäste werden bald nach ihrem Frühstück klingeln. Montags gibt es immer welche, die früh abreisen.«

»Würden Sie ihr bitte sagen, dass Jeanne sie gern kurz gesprochen hätte?«

Hinter den Bänken waren Spiegel angebracht, und sie sah sich darin mit dem Kleinen auf dem Arm. Aber sie brachte es nicht über sich zu lächeln. Wenn ihr Gesicht überhaupt ein Gefühl ausdrückte, dann stille Resignation.

»Jeanne!«, rief die überraschte Désirée, als sie sie zwischen den Tischen stehen sah, und betrachtete neugierig den Säugling, den sie noch nicht kannte.

»Das ist mein Großneffe, der Sohn von Julien«, erklärte Jeanne. »Es war niemand da, der auf ihn aufpassen konnte, und so habe ich ihn mitgebracht. Sie schlafen alle noch …«

»Ich habe gehört, was gestern passiert ist! Das ist ja entsetzlich, meine arme Jeanne. Und du bist extra gekommen, um deinen Bruder zu besuchen! Und du warst vorgestern Abend noch hier …«

Jeanne machte sich klar, dass ihr Vorhaben wahrscheinlich nicht richtig war und dass es eines Tages Komplikationen, wenn nicht Auseinandersetzungen geben würde, aber sie hatte es eilig.

»Ich bin gekommen, weil ich dich um einen Gefallen bitten wollte, Désirée. Könntest du eventuell, und sei es nur für eine kurze Zeit, bei meiner Schwägerin arbeiten?

Ich würde dir helfen, so viel ich kann. Ganz allein werde ich mit dem Haus nicht fertig und ...«

»Ich weiß. Ich verstehe. Bloß ...«

Sie zögerte. Sie sprachen eine Weile halblaut miteinander, während Raphaël mit seinem Besen um sie herum kehrte. Dann verschwand Désirée in Richtung Küche in der Hoffnung, dass ihre Chefin nun heruntergekommen war. Als sie etwa eine Viertelstunde später wiederkam, machte sie Jeanne ein Zeichen, aus dem ihre Freundin entnehmen konnte, dass alles gut gelaufen war. Es war eines ihrer Geheimzeichen, die sie im Kloster benutzt hatten.

»Die Mutter Oberin hat schließlich zugestimmt. Ein Mädchen, das nur zum Wochenende hier war und eigentlich schon wieder wegwollte, hat sich bereit erklärt, mich zu vertreten. Die Chefin mag mich nicht besonders und hat sich deshalb darauf eingelassen. Wenn alles klappt, bin ich schon vor zehn bei euch. Raphaël kann dich mit deinem Gepäck begleiten. Ich habe gesagt, dass du wegen der Rechnung noch einmal vorbeikommst. Jetzt, wo sie wissen, wer du bist ...«

Louise war erst um halb neun heruntergekommen, noch zerschlagener und blasser als am Vorabend.

»Hast du die Kinder schon gesehen?«

»Noch nicht. Ich nehme an, sie schlafen noch.«

»Warst du weg? Mir schien, ich hätte die Tür gehört.«

»Ich bin kurz ins Hotel hinübergegangen. Ich habe Désirée gebeten, herzukommen und uns ein bisschen zu helfen, wenigstens für ein paar Tage. Sie war damals mit mir im Kloster. Sie ist Serviererin im Anneau d'Or. Sie hat sich mit ihrer Chefin geeinigt.«

»Sie hat zugestimmt?«, wunderte sich Louise. »Die Mädchen von hier haben sich bis jetzt immer geweigert, bei uns zu arbeiten!«

Sie erhob gegen die Initiative ihrer Schwägerin keinen Einspruch. Sie nahm hin, was geschah. Sie nahm alles hin, was Jeanne vorschlug oder entschied, mit einer Miene, als wolle sie von nun an alles ihr überlassen.

»Ich weiß nicht, wo Mad geschlafen hat.«

»Sie hat bis ungefähr zwei Uhr morgens an einem Fenster im zweiten Stock gestanden. Ich bin eingeschlafen, bevor sie sich hingelegt hat.«

»Und Henri?«

»Er hat bestimmt geschlafen wie ein Stein.«

»Er hat gestern Abend noch versucht, mit seiner Schwester zu sprechen, aber sie hat ihn weggeschickt.«

Es kam ein Anruf vom Polizeikommissariat und ein anderer vom Bestattungsinstitut, genau in dem Augenblick, als der einzige Reporter der Lokalzeitung, der am Vorabend nicht am Ort gewesen war, vor der Haustür stand. Désirée kam gerade im richtigen Augenblick, sodass Jeanne den Kleinen loswerden konnte, den sie bis jetzt auf dem Arm behalten hatte.

»Wenn ich bis in einer halben Stunde keine Zeit habe, versuch, ihn hinzulegen, aber das wird wohl nicht ganz einfach sein.«

Obwohl die Sonne schien, hatte man im Haus den Eindruck von einem ganz und gar grauen Tag. Jeder fühlte sich kraftlos, hatte einen leeren Kopf, als hätte er zu viel geweint, und dabei hatte es eigentlich sehr wenig Tränen gegeben. Louise war gegen alle Erwartung tapfer und versuchte, sich nützlich zu machen. Manchmal lächelte sie ihrer Schwägerin sogar etwas gezwungen zu, was auch in den folgenden Tagen noch ab und zu vorkam.

Sie wollte nett sein, so wie sie früher gut sein wollte! Vielleicht wusste sie, dass in dem Haus, das plötzlich so still geworden war, ein Wort zu viel die Unruhe zurückbringen und neuen Krach auslösen würde.

Sie ging auf leisen Sohlen und mit gemessenen Bewegungen, wie man sich in einem Hospital oder in einem Krankenzimmer verhält.

Jeanne sah die beiden Kinder nicht herunterkommen. Ein Mann, den sie nicht kannte, hatte das Haus durch die Küche betreten, ein Mann von gut dreißig Jahren, den sie für den Buchhalter hielt und der Louise zu sprechen wünschte.

Er unterhielt sich ziemlich lange mit ihr in einem Zimmer im Erdgeschoss.

»Jeanne! Hättest du einen Moment Zeit? Könntest du kurz zu uns kommen?«

Der Angestellte des Bestattungsinstituts stand stocksteif mit dem Hut in der Hand im Vorraum und wartete auf seine Liste.

»Ich möchte dir Monsieur Sallenave vorstellen, unseren Buchhalter, der Roberts ganzes Vertrauen besaß. Er hat mir schlechte Nachrichten gebracht, und ich weiß nicht, was ich machen soll. Ich verstehe nichts davon. Ich kenne mich da nicht aus. Bitte denk nicht, dass ich dir alles aufhalsen will, Jeanne. Aber ich glaube, es wäre besser, wenn du dich mit ihm unterhältst, im Büro.«

Und zu ihm gewandt:

»Sie können meine Schwägerin über alles unterrichten, Monsieur Sallenave, sie gehört zur Familie. Sie ist so viel tüchtiger als ich. Vielleicht sieht sie eine Lösung?«

Bevor sie über den Hof gingen, sagte Jeanne noch eindringlich:

»Vergiss die Liste nicht, Louise!«

»Ich mache sie sofort.«

»Also, Monsieur Sallenave, schießen Sie los! Auch wenn mich eigentlich die Geschäfte meines Bruders nichts angehen, trotz dem, was meine Schwägerin gesagt hat.«

Seit sie weggegangen war, hatte sich zwar im Haus viel, im Büro und im Weinlager aber nichts verändert. Es gab immer noch dieselbe Glastrennwand zwischen dem Raum, in dem Robert noch zwei Abende zuvor gearbeitet hatte, und dem, wo der Buchhalter saß. Da war sogar noch derselbe Kohlenofen, den Jeanne aus ihrer Kindheit kannte und auf dem sie, wenn ihr Großvater auf Geschäftsreise war, manchmal Kastanien geröstet hatte. Und an den Haken unter einem schwarzen Holzbrett hingen noch dieselben Becher aus gehämmertem Silber, aus denen man die Kunden Wein und Schnaps kosten ließ.

»Ich nehme an, die Lage ist hoffnungslos, nicht wahr? Eine Frage möchte ich Ihnen lieber gleich stellen. Glauben Sie, dass mein Bruder aus finanziellen Gründen Selbstmord begangen hat?«

Der Buchhalter war ein einfacher und wahrscheinlich sehr offener Mann, der aus bescheidenen Verhältnissen kam und viel gearbeitet hatte. Er musste seine Überzeugungen, seine festen Vorstellungen haben, und bestimmte Worte machten ihm Angst. Das Wort »Selbstmord« erschreckte ihn so offensichtlich, dass Jeanne bedauerte, es ausgesprochen zu haben.

»Es ist klar, dass Monsieur Martineau verschiedene Schicksalsschläge erlitten hat und gerade in den letzten ein, zwei Jahren schwierige Zahlungsverpflichtungen zu erfüllen hatte. Er wusste genau, dass man ihm heute Vormittag gewisse Wechsel vorlegen würde. Aber da Sie mich nach meiner Meinung fragen: Ich glaube nicht, dass dies allein der Grund war.«

»Ich würde Ihnen gern noch eine Frage stellen, Monsieur Sallenave, denn ich glaube, so kommen wir am besten weiter. Ich verstehe sehr wenig von Geschäften, überhaupt nichts von denen meines Bruders, und ich möchte mir eine Vorstellung von der Lage machen.«

»Ich stehe zu Diensten.«

»Ich habe das Haus vor fünfunddreißig Jahren verlassen. Damals war es ein blühendes Unternehmen, und das scheint es noch lange gewesen zu sein. Wann haben die Schwierigkeiten angefangen?«

»Ich weiß, was Sie sagen wollen. Es ist nicht ganz einfach, darauf zu antworten, denn das kam alles nach und nach. Beim Tod Ihres Herrn Vater, unmittelbar vor dem

Krieg, als ich hier als Gehilfe angefangen habe, lief alles ganz gut, aber mehr auch nicht. Man hatte sein Auskommen, wie wir auf dem Lande sagen. Dann kam der Krieg, und Sie wissen bestimmt, dass die Weinpreise in ganz kurzer Zeit in die Höhe geschossen sind, sozusagen von einem Tag auf den anderen.«

Er suchte nach Worten, wollte aufrichtig und objektiv sein und hatte gleichzeitig Hemmungen, von gewissen Dingen zu sprechen.

»Monsieur Robert hat viel Geld verdient«, sagte er etwas förmlich.

»Hat er den Schwarzmarkt beliefert?«

Diesmal hatte sie bewusst das Tabuwort benutzt, damit sie nicht ewig um den heißen Brei herumredeten.

»Das ist nicht ganz richtig. Das hängt vom Standpunkt ab, den man einnimmt. Es stimmt, dass sich die Geschäfte eine Zeit lang nicht absolut korrekt abwickeln ließen. Hätte man sich damals strikt nach den gesetzlichen Bestimmungen gerichtet, wäre es unmöglich gewesen, das Haus zu halten, und so war man gezwungen, die Bücher in einer Weise zu führen, die zu anderen Zeiten ernsthafte Konsequenzen nach sich gezogen hätten.«

»Ich glaube, ich habe verstanden. Wurde das Haus während des Krieges umgebaut?«

»Es hatte dringend Reparaturen nötig. Monsieur Louis hatte nie zugelassen, dass man es verändert oder modernisiert. Dank des Tauschhandels, der mit dem Wein möglich war, fiel es Monsieur Robert nicht schwer, sich

Baumaterial, das damals selten geworden und fast nicht aufzutreiben war, zu beschaffen.«

»Wie ist es weitergegangen?«

»Waren Sie während der Befreiung in Frankreich?«

»Nein.«

»Einige Tage, sogar einige Wochen hatten wir Schwierigkeiten befürchtet. Monsieur Robert hat, wie viele andere auch, Drohbriefe erhalten. Ein Gremium, das damals zusammentrat, erwog, ihn in ein Lager zu schicken. Aber dann renkte sich alles sehr schnell wieder ein.«

»Und von da an ging das Geschäft schlecht?«

»Ehrlich gesagt, nein. Der Handel blühte. Die eigentlichen Schwierigkeiten begannen erst zwei Jahre später, sie fielen in die Zeit der Wahlen.«

»Hat sich mein Bruder mit Politik beschäftigt?«

»Nicht direkt. Er war sehr freigiebig, sehr großzügig. Er fühlte sich aufgrund seiner Stellung mehr oder weniger verpflichtet, Geld für alle Parteien zu spenden. Er hat viel gespendet, das können Sie mir glauben, mehr, als er verantworten konnte, und ich frage mich, ob er sich nicht damit all den Ärger eingehandelt hat. Vielleicht hat er aus Vorsicht und um ganz sicherzugehen, der Kommunistischen Partei ebenso wie allen anderen Parteien Gelder gespendet. Aber es hat ihm nichts genützt, für die Kandidatenliste wurden andere als er vorgeschlagen. Ich erinnere mich noch, wir erhielten an einem Montag, als niemand an so etwas dachte, ein kurzes Schreiben von der Steuerfahndung, die Aufschluss über eine vier Jahre zurückliegende Steuererklärung verlangte.

Monsieur Robert ist selbst hingegangen. Er stand sich gut mit dem Bürgermeister und anderen einflussreichen Personen, und es sah so aus, als sei die Sache damit vom Tisch.

Wenn Sie meine Meinung hören wollen: Es war die lange Zeit der ständigen Ungewissheit, der Furcht und der Hoffnung, die ihn zermürbt hat.

Er behielt sein freundliches Gesicht, schien voller Unternehmungsgeist und Zuversicht, aber etwas war anders geworden.

Ich weiß nicht, ob Sie Monsieur Bourgeois kennen?«

»Gaston Bourgeois?«

Mit dreizehn Jahren war dieser ein Schulfreund von Robert gewesen, ein magerer, fleißiger Junge, der immer die Nase in Bücher steckte.

»Er ist Philosophielehrer am Gymnasium. Er war mit Ihrem Bruder eng befreundet und wohl überhaupt sein einziger wirklicher Freund. Nun, nach dem Krieg hat Monsieur Bourgeois von einem Tag auf den anderen aufgehört, ihn zu besuchen und zu grüßen. Eine Zeit lang haben andere es genauso gehalten. Dann haben sie ihre Meinung geändert. Einige haben sich hinterher entschuldigt. Es fällt mir schwer, von diesen Dingen zu sprechen, Madame, aber Sie sagten ja, Sie möchten gern alles erfahren.«

»Ich bitte darum, Monsieur Sallenave. Also hatte mein Bruder, offen gesagt, kein ganz reines Gewissen?«

»So weit möchte ich nicht gehen, aber vielleicht war ihm nicht immer ganz wohl in seiner Haut. Während sich also hier am Ort die Dinge noch einrenken ließen, bekam er ein paar Wochen später jedoch neuen Ärger, zuerst aus Poitiers und dann aus Paris, von allerhöchster Stelle. Monsieur Robert ist ein paarmal hingefahren, und jedes Mal verkündete er bei seiner Rückkehr, das Spiel sei gewonnen. Trotzdem schickten sie ihm einen Buchprüfer auf den Hals, der sich auf meinem Stuhl niederließ und zwei Monate lang die Zähne nur auseinanderkriegte, wenn er genaue Fragen zu stellen hatte. Er kontrollierte alle Bücher und überprüfte alle Papiere, die er finden konnte.

In dieser Zeit lief Monsieur Robert überall herum, machte seinen Einfluss geltend und gab das Geld mit vollen Händen aus.

Es nützte nichts. Der Buchprüfer gewann das Spiel.

Ich könnte Ihnen, wenn Sie das wünschen, eines Tages erklären, wie die verschiedenen Strafgebühren und Bußgelder ineinandergreifen. Jedenfalls hätte Ihr Bruder die gesamte Summe, die man von ihm verlangte, nur bezahlen können, wenn er das Haus und die Möbel verkauft hätte.

Er hat zu guter Letzt einen Vergleich, nicht nur mit der Steuerbehörde, sondern auch mit der Geschäftsführung der Verwaltung schließen können, die damals ein Wort mitzureden hatte.

Von da an liefen die Geschäfte ausgezeichnet. Aber da blieb ein Loch, das wir einfach nicht stopfen konnten, und jeder Fälligkeitstag brachte dieselbe Ungewissheit, verlangte dasselbe Jonglieren. Sie haben das Haus vor mir gekannt. Der Umsatz wird im Vergleich zu damals heute wahrscheinlich fünfzig-, wenn nicht hundertmal so hoch sein.

Aber, Madame, meine Kasse ist leer, ganz und gar leer! Mit den großen Verpflichtungen könnte ich zur Not zurechtkommen. Das Schwierige ist der Mangel an flüssigem Geld, die Tausende von Francs für die kleinen laufenden Ausgaben, und die warten nicht.

So ist es nun seit mindestens zwei Jahren, zweimal in jedem Monat.

Die Bank würde ja, wenn auch nur ungern, unsere Wechsel diskontieren, aber ich könnte dort nicht erklären, dass ich dringend noch heute Vormittag in etwa zehntausend Franc brauche und nicht weiß, woher ich sie nehmen soll. Wenn ich nicht bezahle, wird es sofort heißen, dass Monsieur Robert sich umgebracht hat, weil er bankrott war, so wie Sie es ja auch vermutet hatten.«

»Haben Sie das meiner Schwägerin gesagt?«

»So in etwa. Nicht in allen Einzelheiten.«

»Was hat sie geantwortet?«

»Sie könne nichts machen. Sie hat mir geraten, mit Ihnen zu sprechen.«

»Und Sie würden sich wirklich mit zehntausend Franc aus der Affäre ziehen können?«

»Nicht ganz. Ich habe Ihnen eben eine ungefähre Summe genannt, eine grobe Schätzung. Aber …«

Er blätterte in einigen Papieren, addierte am Rand.

»Dreizehntausendfünfhundert Franc bräuchte ich ganz dringend.«

»Ich werde sie Ihnen sofort bringen.«

Ihr gesamtes Vermögen, das sie in ihrer Handtasche hatte, waren achtzehntausend Franc. Sie war gekommen, weil sie hier auf Geld gehofft hatte; Louise hatte gar nicht so falsch vermutet.

Sie hatte nie die Absicht gehabt, ihren ganzen Anteil zu verlangen. Sie war vielmehr als Bettlerin gekommen, weil sie sich alt und müde fühlte, weil sie versagt hatte, weil sie nicht mehr die Kraft hatte zu arbeiten.

»Ich danke Ihnen«, sagte Monsieur Sallenave mit Überzeugung, als habe sie ihm einen persönlichen Dienst erwiesen.

Sie lächelte ihm zu.

Eine große Menschenmenge hatte sich um die Brücke versammelt. Einige saßen auf der Terrasse des Anneau d'Or, wo sie ein Glas Weißwein tranken und auf den Leichenzug warteten.

Der Bischof hatte nach langem Abwägen des Für und Wider entschieden, dass eine Absolution nicht erteilt würde, sondern nur ein Segen auf dem Vorplatz der Kirche Saint-Jean.

Mindestens fünfzig Karren standen ausgeschirrt – die Deichsel in der Luft – auf dem Marktplatz, wie an einem Markttag. Sie gehörten den Bauern aus der Umgebung, die jetzt einer nach dem anderen durch das schwarz verhangene Tor traten und sich vor dem Sarg verbeugten.

Henri stand seit dem frühen Morgen in einem dunklen Anzug mit roten Wangen neben den Kerzen, hielt den

Kopf gesenkt und sah von unten zu den Besuchern auf, die ihm die Hand drückten. Seine Mutter, das Gesicht hinter einem Trauerschleier verborgen, wirkte neben ihm sehr klein. Ein zerknülltes Taschentuch in der Hand, dankte sie den Leuten mit einem traurigen Lächeln, das ihre Mundwinkel nach oben zog.

Alice war in Begleitung ihrer Eltern gekommen. Ihr Vater war Kassierer bei einer Bank in Poitiers. Sie hatten ihren zwölfjährigen Sohn mitgebracht, weil sie nicht gewusst hatten, wo sie ihn lassen sollten.

Mad hatte sich erst in letzter Minute bereit erklärt, sich ins Trauerspalier einzureihen. Wahrscheinlich aus Protest blickte sie den Leuten, die ihr kondolierten, ohne mit der Wimper zu zucken, gerade ins Gesicht, als stünde sie auf der Bühne.

Mit klarer Stimme, ohne die Lautstärke auch nur im Geringsten zu dämpfen, antwortete sie:

»Vielen Dank.«

Oder:

»Sie sind sehr liebenswürdig.«

Sie hatte nicht ein einziges Mal ihre Hilfe angeboten. Seit Montag früh, als Jeanne aus dem Büro gekommen und ihr beim Frühstück begegnet war, hatte sie geglaubt, ihre Tante ganz selbstverständlich wie ein neues Dienstmädchen behandeln zu können. Nicht ganz, denn mit Désirée sprach sie zuweilen, fragte sie irgendetwas. Jeanne dagegen sprach sie nie direkt an, tat, als sei sie gar nicht anwesend, oder nahm es als gegeben hin, dass nun aufgrund irgendwelcher merkwürdiger Umstände, die sie nicht interessierten, eine alte Frau mit einem Mondgesicht im Haus herumlief.

Das war so auffällig, dass es sogar ihren Bruder störte, ihn reizte und er ihr hinter Jeannes Rücken Zeichen machte.

Wenn Jeanne das junge Mädchen ansprach, drehte sich Mad mit erstauntem Gesicht zu ihr um.

»Wie bitte?«

Sie tat zwar, was man von ihr verlangte, aber auf eine so unpersönliche Art, dass es beleidigend war.

Bis zum Segen auf dem Vorplatz der Kirche passierte nichts. Es war beschlossen worden, dass die Frauen daran teilnehmen sollten, so wie sie an einer Absolution teilgenommen hätten. Erst als sich der Zug langsam zum Friedhof hin in Bewegung setzte und Louise, begleitet von ihrer Tochter, von Alice, deren Mutter, Madame Lallemant, einer alten Cousine Taillefer und zwei oder drei anderen, den Heimweg antrat, braute sich das Unheil zusammen.

Jeanne war zu Hause geblieben, um Désirée zu helfen. Sie hatten ein Essen für mehr als zwanzig Personen vorzubereiten, die bis zum Abend bleiben würden, und sich außerdem wie immer um den Kleinen zu kümmern.

Jeanne war gerade, nachdem sie das Kind schlafen gelegt hatte, die Treppe heruntergekommen und hatte in dem Salon, der vom Duft der Chrysanthemen erfüllt war, die Frauen angetroffen, die ihre Schwägerin begleitet hatten. Auf der Treppe war sie Alice begegnet, die, unter dem Vorwand, nach Bob sehen zu wollen, hereingekommen war. Mad hielt es nicht für nötig, sich um die Gäste zu kümmern. Sie saß trotzig in einer Ecke, den Hut auf den Knien.

Es herrschte eine gewisse Verlegenheit in dem Raum. Jeanne stellte fest, dass Louise nicht da war. Sie ging in die Küche und fragte Désirée:

»Hast du meine Schwägerin irgendwo gesehen?«

Sie suchte sie eine Zeit lang, fand sie nicht und beschloss, einen Aperitif und trockenen Kuchen anzubieten. Alles stand fertig auf den Tabletts bereit. In großen Töpfen brodelte es auf dem Feuer. Im Esszimmer war der Tisch in seiner ganzen Länge ausgezogen und gedeckt worden. Sogar eine Schachtel Zigarren stand auf dem Kamin.

»Könntest du mir einen Augenblick helfen, Madeleine?«

Mad erhob sich langsam, warf ihren Hut auf den Stuhl, auf dem sie gesessen hatte, und kam zu ihr.

»Sei so nett und reich die Platten herum. Weißt du, wo deine Mutter ist?«

Es war alles etwas gespenstisch. Männer auf Leitern waren damit beschäftigt, die Tücher mit den silbernen Quasten abzunehmen. Der Geruch von halb verwelkten Blumen und von Kerzen begann sich mit dem der Aperitifs zu vermischen und zog von Zimmer zu Zimmer. Die Mutter von Alice redete ununterbrochen mit monotoner Stimme, und die alte Cousine Taillefer ihr gegenüber wackelte mit dem Kopf und hielt ihr Glas vor ihr behaartes Kinn.

Mad und ihre Tante waren zufällig einen Moment

gleichzeitig in der Küche beschäftigt, als das junge Mädchen plötzlich den Kopf hob. Jeanne begriff nicht sofort, was geschah. Mad war schnell hinausgelaufen, als sie die Stimme von Louise aus dem Salon gehört hatte. Es war nicht die Stimme, wie sie in den letzten Tagen geklungen hatte, es war die leidenschaftliche, tragische Stimme von Sonntagabend, die Stimme während des Gewitters.

»Mein ganzes Leben lang wollte ich gut sein ... Mein ganzes Leben lang ...«

Jeanne stürzte, so schnell sie konnte, aus der Küche, aber nicht schnell genug, um Mad noch rechtzeitig zu erwischen. Sie hörte:

»Ich weiß genau, dass mich alle verachten ...«

Und als Jeanne die Tür zum Salon erreichte, durchquerte Mad aufrecht und entschlossen in ihrem schwarzen Kleid, in schwarzen Seidenstrümpfen auf klappernden Absätzen das gebohnerte Parkett, ging ohne Entschuldigung an den sprachlosen Damen vorbei, blieb vor ihrer Mutter stehen und schlug ihr mit der Hand ins Gesicht. Gleichzeitig sagte sie mit schneidender Stimme:

»Geh in dein Zimmer!«

Louise hob die Arme, als wolle sie sich vor neuen Schlägen schützen, und sah ihre Tochter demütig bittend an.

»Schlag mich nicht! Ich flehe dich an, schlag mich nicht!«

»Geh in dein Zimmer!«, wiederholte Mad.

Sie war einen Kopf größer als ihre Mutter und stieß sie vor sich her.

»Lass mich ihnen wenigstens noch sagen ...«

»Los!«

Sie folgte Louise, die auf den Stufen stolperte, die Treppe hinauf. Einen Augenblick später hörte man, wie eine Tür geschlossen und ein Schlüssel im Schloss umgedreht und abgezogen wurde.

Madeleine hatte ihre Mutter eingeschlossen ...

5

Sie musste bis zum Schluss befürchten, dass die Fisolles, Alice' Eltern, nicht aufbrechen würden, dass sie absichtlich ihren Zug verpassen würden, zumal sie wussten, dass es im Haus freie Zimmer gab.

Im Laufe des Nachmittags hatte sie Roger Fisolle, den Vater, im Gespräch mit dem Buchhalter mitten im Hof stehen sehen und beobachtet, wie er ihm mit einer ebenso vertraulichen wie herablassenden Geste eine Zigarre zugesteckt hatte, die wahrscheinlich aus der Kiste im Salon stammte.

Sie hatte dem keine weitere Bedeutung beigemessen. Die meisten der Männer hatten reichlich getrunken und gegessen und unterhielten sich beinahe so laut wie auf einer Hochzeit, hatten gerötete Wangen und glänzende Augen. Fast alle waren durch die Weinlager gegangen und hatten beim Hinausgehen dem Kellermeister kräftig die Hand geschüttelt.

Gegen sechs Uhr hatte Jeanne Fisolle mit wichtiger und sorgenvoller Miene aus dem Büro kommen sehen.

Der Junge war unerträglich gewesen, und Madame Fisolle hatte in Abwesenheit von Louise, die noch immer in ihrem Zimmer eingeschlossen war, beim Essen den Vorsitz geführt, als stünde ihr das zu, und unaufhörlich vom Studium ihrer Tochter geredet, »das durch die Heirat unglücklicherweise abgebrochen werden musste«.

»Danach war es zu spät, nicht wahr?«

Sie hatte »nach dem Tod von Julien« sagen wollen.

»Es ist schrecklich, mit kaum zwanzig Jahren plötzlich allein dazustehen mit der Verantwortung für ein Kind.«

Der Junge hatte Geld für ein Eis verlangt und war dann seine eigenen Wege gegangen, während seine Eltern bis zum Schluss in dem unaufgeräumten Haus blieben, in dem schmutzige Gläser und Flaschen herumstanden und der Zigarrenrauch zuletzt in ebenso dicken Schwaden im Raum hing wie in einer Kneipe.

Alice hatte sich nicht ein einziges Mal erboten, im Haushalt mitzuhelfen, und da Bob zu schreien begann, wenn sie sich mit ihm beschäftigte, hatte Jeanne sich fast die ganze Zeit um ihn gekümmert.

Der Zug nach Poitiers ging um sieben Uhr vierzig. Es war fast sieben Uhr, als Jeanne, die zufällig an der offenen Tür des Salons vorbeiging, das Ehepaar Fisolle bemerkte, das dort stand und sich mit leiser Stimme unterhielt, während Alice versuchte, ihren Bruder, der an seinem Eis lutschte, wegzuziehen.

»Würden Sie einen Augenblick hereinkommen, Jeanne?«, sagte Madame Fisolle, die sie von Anfang an bei ihrem Vornamen genannt hatte wie eine Verwandte oder eine Hausangestellte. »Nimm deinen Bruder mit nach draußen, Alice. Geht ein bisschen auf den Hof oder zum Quai, aber nicht zu weit weg, denn wir müssen bald los.«

Sie wartete, bis ihre Kinder das Zimmer verlassen hatten, und sagte dann:

»Roger überlegt, ob es nicht besser wäre, bis morgen zu bleiben, aber wir könnten unseren Zug noch erreichen. Wir hätten auch gar nichts zum Übernachten dabei.«

Ihr Mann hatte sich eine gebogene Pfeife angezündet, wohl um den Geruch nach Wein und Zigarren in seinem Schnurrbart loszuwerden, und weil die Erwachsenen nun unter sich waren, ermutigte sie ihn mit einem Blick.

»Bevor du sprichst, möchte ich Jeanne noch etwas sagen, denn sie sollte verstehen, warum wir uns an sie wenden, nämlich weil wir gehört haben, ohne dass uns Alice damit ein Geheimnis verraten hätte, dass sie jetzt die Zügel im Haus in der Hand hat. Das ist, offen gesagt, auch gar nicht bedauerlich. Ich bin heute Vormittag fast gestorben vor Scham.«

Jeanne wartete ab, ohne sich zu rühren. Da sie die meiste Zeit des Tages damit zugebracht hatte, Désirée im Haushalt zu helfen, hatte sie ihre Schürze noch um.

»Fang jetzt an, Roger.«

Er hüstelte und stieß Rauchwölkchen aus seiner Pfeife.

»Es ist ganz einfach, ich meine, die Frage, die ich zu stellen habe, ist ganz natürlich. Ich habe mit dem Buchhalter kurz darüber gesprochen. Soweit ich das beurteilen kann, ist er ein ehrlicher Knabe, aber aufgrund seiner Position muss er eine gewisse Diskretion wahren. Es geht darum, wann wir uns beim Notar treffen werden.«

Jeanne sah ihn ohne Verwunderung an, aber sie half ihm nicht, und er versuchte, im gleichgültigen Ton eines Geschäftsmannes fortzufahren.

»Der Nachlass von Robert Martineau ist jetzt praktisch eröffnet. Ich weiß nicht, welche Vereinbarungen bei der Eheschließung getroffen wurden, aber ich habe allen Anlass anzunehmen, dass es sich um eine Gütergemeinschaft mit Ausschluss des Zugewinns handelt. Wie die Vereinbarung auch aussehen mag, einen Teil bekommen die Kinder in jedem Fall, und in Anbetracht einer gewissen Situation, von der wir heute Vormittag einen beklagenswerten Beweis erhielten, bin ich der Meinung, je eher hier Maßnahmen ergriffen werden, desto besser. Monsieur Sallenave ist mir selbstverständlich, wie ich es erwartet habe, ausgewichen, als ich ihn über die Geschäftslage befragte.«

»Haben Sie ihn darum gebeten, Ihnen Einsicht in die Bücher zu gewähren?«

Er wurde rot und beeilte sich zu versichern:

»Ich habe nicht darauf bestanden. Obwohl ich gewissermaßen vom Fach bin, verstehe ich, dass …«

»Wenn ich meinerseits richtig verstehe, wünschen Sie, dass Ihre Tochter ihren Teil sofort erhält?«

Jetzt antwortete die Mutter, und sie hielt sich in ihrer Angriffslust nur mühsam zurück.

»Das ist doch nur natürlich, oder? Sie sind vor noch nicht allzu langer Zeit in dieses Haus zurückgekommen, aber ich nehme an, Sie haben genug gesehen, um zu merken, dass es ein Irrenhaus ist, um nicht noch deutlicher zu werden. Wenn man es Ihnen noch nicht gesagt hat, nehmen Sie bitte zur Kenntnis, dass wir die Heirat unserer Tochter mit Julien nie gutgeheißen haben. Wir hatten beschlossen, sie studieren zu lassen. Wir haben sie auf die Universität geschickt, aber natürlich nicht, damit sie zwei Jahre später ihr Studium abbricht. Sie war ja noch ein Kind, das nichts vom Leben verstand.

Er war vier Jahre älter als sie und hatte mehr Erfahrung. Er hätte es wissen müssen. Aber er hat ihre Schwäche ausgenutzt. Wir haben zu guter Letzt der Heirat zugestimmt, weil wir gar nicht anders konnten, das müssen Sie mir glauben.

Er ist tot – Gott sei seiner Seele gnädig! –, und sie hat wegen des Kindes weiter in diesem Haus gelebt. Sie hat weder Unterstützung noch Zuneigung erfahren, was sie doch wohl hätte erwarten können. Beispiele haben Sie vor Augen! Sogar die Dienstboten haben ja alle das Haus nach wenigen Tagen wieder verlassen.

Lass mich ausreden, Roger. Ich weiß, was ich tue. Ich kenne alle Vorwürfe, die man Alice machen könnte, ich bin ja nicht blind, und auch heute konnte ich gut sehen, was hier geschieht.

Man nimmt ihr übel, dass sie sich nicht als Dienstmädchen benutzen lässt. Nun, zum Teil verweigert sie das, weil ich es ihr untersagt habe. Ich habe meine Tochter nicht dazu erzogen, dass sie hier den Abwasch macht. Sie musste das bei mir nicht, sie soll bei anderen nicht damit anfangen.

Es gibt da noch andere Dinge, über die ich aber erst

sprechen werde, wenn es nötig ist. Einstweilen wird sie hierbleiben, denn es ist ihr Haus.

Ich kann Ihnen versichern, sie wird ihre Rechte verteidigen. Mein Mann hat Ihnen soeben eine Frage gestellt, auf die Sie nicht geantwortet haben.«

»Sie wünschen, dass der Nachlass eröffnet wird?«

»So ist es. Und dass die Konten von fachkundigen Personen geprüft werden, die keine Verbindung zum Haus Martineau haben. Danach sollte man überlegen, ob sich nicht noch eine ganz andere Frage stellt. Wir haben Ihnen jetzt alles gesagt, was wir zu sagen hatten, und ich wiederhole: je eher, desto besser. Die Zukunft eines kleinen Kindes darf nicht von einer Frau abhängen, die ihrer Sinne nicht mehr mächtig ist. Es gibt gewisse Orte, wo man sich um solche Leute kümmert.«

»Schon gut«, antwortete Jeanne schlicht. »Ich werde morgen früh mit meiner Schwägerin darüber sprechen, und der Notar wird Sie auf dem Laufenden halten.«

Madame Fisolle öffnete das Fenster, um ihre Tochter zu rufen, die mit dem Jungen auf der Straße war.

»Begleitest du uns zum Bahnhof, Alice?«

Etwas später sah man alle vier auf der Brücke und dann die Straße entlanggehen. Der Junge trödelte hinterher.

Madeleine hatte sich, genau wie ihre Mutter, tagsüber nicht blicken lassen, was Jeanne nicht weiter verwundert hatte, wohingegen Henri sich irgendwie in seine Männerrolle zu schicken schien. Nun, da er das Familienoberhaupt war und jeder sich bemühte, ihn auch so zu behandeln, hatte seine Tante ihn zufällig inmitten einer

Gruppe eine Zigarre rauchen sehen. Er hatte die Gäste einen nach dem anderen mit ernstem Gesicht zum Tor geleitet, und am Schluss war sein Gang auf dem Rückweg etwas schwankend gewesen.

»Désirée, hast du Henri irgendwo gesehen?«

»Könntest du nicht mal einen Augenblick damit aufhören, den Wachhund zu spielen? Seit du aufgestanden bist, hast du dich nur einmal hingesetzt, um dem Säugling die Flasche zu geben.«

»Und du, hast du dich denn hingesetzt?«

»Ich bin daran gewöhnt.«

Jeanne merkte, wie Désirée bei diesem Wort plötzlich ein Gedanke durch den Kopf schoss. Sie fühlte, wie ihre ehemalige Mitschülerin sie von da an ein wenig misstrauisch beobachtete.

»Leg dich jetzt lieber hin, und morgen früh …«

»Ich muss wissen, was Henri macht.«

Sie stieg zu den Zimmern hinauf, stellte fest, dass Madeleine ihr blaues Zimmer wieder bezogen und abgeschlossen hatte. Henri war nicht im Haus, und beim Herunterkommen sah sie durch ein Fenster, dass im Büro Licht brannte.

Sie ging über den Hof und machte die Glastür auf. Der Junge saß vornübergebeugt am Schreibtisch seines Vaters, hatte den Kopf auf die Arme gelegt und weinte heiße Tränen. Er roch nach Wein. Als sie ihn berührte, hob er den Kopf, stieß sie aber nicht zurück.

»Sind sie weg?«, fragte er übertrieben forsch und bemühte sich, seine Tränen zu unterdrücken.

»Sie sind weg. Sie sind alle weg.«

»Was für eine Komödie!«, höhnte er. »Sie sind zum Begräbnis meines Vaters gekommen, der ihr Verwandter oder ihr Freund war, dann haben sie gegessen und getrunken, seine Zigarren geraucht, sich welche in die Tasche gesteckt, und am Schluss haben sie sich schweinische Witze erzählt. Armer Papa! Und meine Mutter hat unterdessen ...«

»Sei still, Henri!«

»Aber ich bin auch nicht besser als sie. Wo war ich denn, als Papa starb? Was habe ich gemacht? Jetzt bin ich hier auf dem Platz, auf dem mein Großvater gesessen hat, aber ich tauge zu nichts. Alle haben mir heute auf die Schulter geklopft und gesagt:

›Du bist jetzt ein Mann, Henri! Du hast Verantwortung. Man zählt auf dich!‹«

Wegen des Weins sah er die Welt wie durch ein Vergrößerungsglas, seine Stimme, seine Gefühle, seine Bewegungen waren übertrieben.

»Sie, Tante Jeanne, Sie sind stark! Und deswegen werden Sie gehasst. Und ich hasse Sie manchmal auch. Oder vielleicht eher, ich würde Sie gerne hassen, weil Sie überhaupt kein bisschen feige sind.«

»Glaubst du das?«, fragte sie beinahe lachend.

»Ich, ich bin feige. Ich glaube, ich komme nach Maman. Mad verachtet sie, aber ich weiß, sie kann nichts dafür. Ist es ihre Schuld, Tante, wenn sie so ist?«

»Nein, Henri.«

»Und ist es meine Schuld? Werde ich wohl eines Tages

wie mein Vater sein? Glauben Sie, dass er sich aus Feigheit getötet hat? Heute haben einige behauptet, er habe es getan, weil er unsaubere Geschäfte gemacht hat.«

»Niemand kennt den Grund.«

»Sie auch nicht?«

»Ich auch nicht.«

»Haben Sie ihn geliebt?«

»Ja.«

»Vielleicht werde ich Sie auch gernhaben.«

Er schämte sich wegen des eben Gesagten, stand auf und grinste.

»Da haben Sie's! Ich fange schon an, wie Maman zu reden. Es wäre besser, ich hielte den Mund.«

»Komm mit!«

»Ja.«

Im Hof brachte ihn die frische Luft durcheinander, und er sagte mit wieder kindlich gewordener Stimme:

»Ich glaube, ich bleibe noch ein bisschen draußen. Einverstanden?«

Es war noch nicht ganz dunkel, doch als Jeanne ihn durch das Küchenfenster beobachtete, konnte sie nur noch einen undeutlichen Umriss erkennen, und sie war nicht sicher, ob er sich am Fuß der Linde übergab.

»Willst du dich wirklich nicht ausruhen?«

»Erst wenn das Haus wieder wie ein richtiges Haus aussieht.«

Jeanne machte sich an die Arbeit und spürte dabei ständig Désirées neugierigen Blick im Rücken. Wenn sie jetzt aufhörte, würde sie nicht wieder in Gang kommen, das wusste sie. Seit drei Tagen arbeitete sie so, und sie begann sich zu fragen, weshalb sie sich so müde gefühlt hatte, als sie aus dem Zug gestiegen war. Es schien ihr jetzt unvorstellbar, dass sie sich zum Beispiel auf dem Bahnhof in Poitiers mit beiden Händen die Brust gehalten und geglaubt hatte, sie müsse gleich sterben.

Seitdem hatte es für sie kaum noch Zeit zum Atemholen gegeben. Jedes Mal wenn sie sich in der Hoffnung auf eine kleine Ruhepause gerade hingesetzt hatte, tauchte jemand auf, der sie dringend brauchte, oder das Kind fing an zu schreien, oder das Telefon klingelte – oder sie sprang aus eigenem Antrieb wieder auf und machte weiter, sodass sie sich keinen Augenblick entspannte.

»Hat Bob sich gemeldet?«

»Nein.«

»Ist seine Mutter noch nicht wieder da?«

Alice kam erst um neun Uhr abends, gab aber keine Erklärung ab. Wahrscheinlich hatte sie unterwegs einen Jungen getroffen, denn sie hatte funkelnde Augen, und ihr Lippenstift war verschmiert.

»Ich habe keinen Hunger«, verkündete sie. »Es gab heute viel zu viel zu essen. Ich geh schlafen.«

»Gute Nacht, Alice.«

Sie sah zwar die beiden Frauen bei ihrer anstrengenden Arbeit, tat aber, als bemerke sie es nicht.

»Gehst du nicht schlafen, Henri?«

Ihm war übel, er lief schlecht gelaunt durch die Zimmer im Erdgeschoss und beobachtete zwischendurch seine

Tante und Désirée bei der Arbeit. Ein paarmal brachte er wie unabsichtlich ein Glas oder einen Aschenbecher von einem der Fensterbretter in die Küche.

»Ich geh nachher schlafen.«

»Komm doch lieber gleich mit mir nach oben. Ich muss dir was sagen.«

Das geheimnisvolle und verführerische Gesicht, das Alice machte, war ihm peinlich, denn es war für alle offenkundig, dass es sich um eine Liebesgeschichte handelte. Er ging aber trotzdem mit, wagte nicht zu widersprechen und sagte seiner Tante gute Nacht, aus Schamgefühl aber in einem barschen Ton. Dann schlossen sie sich, um Bob nicht zu stören, in seinem Zimmer ein.

»Das wär's!«, seufzte Désirée. »Jetzt haben wir Ruhe!«

Es war eigenartig zu sehen, wie sie ohne weiteres das Verhalten und sogar die Einstellung eines Dienstmädchens angenommen hatte, obwohl sie mit Jeanne zusammen in der Klosterschule gewesen war. Selbst ihrer alten Freundin gegenüber hatte sich ihr Benehmen im Laufe der drei Tage nach und nach verändert. Sie machte zwar Jeanne hinter Louises Rücken noch Zeichen, die Erschöpfung oder Spott zum Ausdruck brachten, oder zuckte, wenn Alice vorbeiging, mit den Schultern. Aber weil sie seit langem gezwungen war, für andere zu arbeiten, hatte Désirée sich ganz in sich zurückgezogen; und obwohl Jeanne von morgens bis abends selbst in der Schürze herumlief und alle möglichen Arbeiten – auch schmutzige – erledigte, äußerte sie nie eine persönliche Meinung.

Sie hatte gerade über Bob nachgedacht und war dabei auf einen Gedanken gekommen, der sie beschäftigte. Sie hatten beide die Arme bis zu den Ellbogen im Seifenwasser und waren dabei, einen Berg Geschirr zu säubern, der einem Restaurant Ehre gemacht hätte, und Désirée überlegte sichtlich, wie sie anfangen sollte.

»Magst du Kinder?«

»Sehr. Vor allem die ganz Kleinen.«

»Das ist komisch. Du hast nie welche gehabt, aber du packst die Sache an, als ob du dich da auskennen würdest. Es gibt Mütter, die haben längst nicht das Geschick. Man könnte auf den Gedanken kommen, du seist dran gewöhnt.«

»Ja.«

»Ach, dann hatte wohl dein Mann verheiratete Schwestern oder Brüder? Ich dachte, ihr hättet die ganze Zeit in heißen Ländern gelebt.«

»Meistens, ja. Aber Kinder machen die Leute dort genauso wie sonst überall auch. Ich hatte drei Jahre lang welche zu betreuen. Ich war Gouvernante in einer Familie, die fünf hatten, und das älteste war zehn Jahre alt.«

»Das wusste ich nicht. Ich habe immer geglaubt, Lauer sei reich gewesen und habe dir ein Vermögen hinterlassen.«

»Nein.«

»War das in Südamerika?«

»In Ägypten. Nicht weit von Kairo. Ich habe bei einem Belgier gearbeitet. Der Mann war Ingenieur in einer Zuckerraffinerie.«

»Da bist du doch sicher gut behandelt worden?«

Jeanne antwortete nicht. Sie nahm einen Teller nach dem anderen in die Hände, und jedes Mal wenn sie ihn abstellte, entstand das ihr vertraute Klirren. Von Zeit zu Zeit hob sie den Arm, um sich die Augen abzuwischen, wo sich der Wasserdampf zwischen die Wimpern gesetzt hatte.

»Warum bist du von dort weggegangen?«

»Nicht ich, sie sind weggezogen.«

»Sind sie nach Belgien zurückgekehrt? Haben sie dich denn nicht mitgenommen?«

»Das konnten sie sich nicht leisten. Es war zu Beginn des Krieges.«

»Und was hast du dann gemacht? Entschuldige! Ich sollte dir nicht solche Fragen stellen. Ich meinerseits schäme mich nicht. Alle wissen, dass mein Mann erschossen wurde, weil er mit den Deutschen Geschäfte gemacht hat, und dass sein Vermögen beschlagnahmt wurde. Lange Zeit hat man mich nirgendwo haben wollen, für welche Arbeit auch immer. Bei dir ist das was anderes.«

»Es ist was anderes, ja. Ich habe es so gewollt.«

»Ich verstehe nicht, was du meinst.«

»Ich bin weggegangen, weil ich beschlossen hatte wegzugehen.«

»Von hier wegzugehen? Sprichst du davon? Als du noch ein junges Mädchen warst?«

»Als ich einundzwanzig war. Genau einundzwanzig Jahre. Am Tag meiner Volljährigkeit.«

»Das wusste ich nicht. Es hieß, du hättest das Haus

verlassen, weil dein Vater nicht erlauben wollte, dass du Lauer heiratest.«

»Das stimmt auch mehr oder weniger.«

»Hast du dich nie mit deinem Vater versöhnt?«

»Wir haben uns nicht mehr wiedergesehen.«

»Hat dir das nichts ausgemacht, so weit weg von zu Hause zu sein, ohne Verbindung zur Familie?«

»Eine Zeit lang hat mir Robert noch geschrieben und mir berichtet.«

»Glaubst du, er war unglücklich mit seiner Frau?«

»Ich weiß es nicht.«

»Ich muss gestehen, dass sie mir vorhin leidgetan hat. Ganz egal, in welchem Zustand sie sich befindet, ihre Tochter hat nicht das Recht, sie so zu behandeln, erst recht nicht vor anderen Leuten und schon gar nicht an einem Tag wie heute. Ich habe übrigens die Flasche Madeira gefunden. Weißt du, wo deine Schwägerin war, als wir sie gesucht haben? In dem Abstellraum im Zwischengeschoss, wo ich noch nie jemanden habe hineingehen sehen. Im Fußboden hinter der Tür ist so eine Art Stauraum mit einer kleinen Falltür. Ich weiß nicht, wozu der Raum da ist.«

Jeanne erinnerte sich an die Stelle. Auch sie hatte nie gewusst, wozu sie benutzt wurde. Sie hatte dort manchmal etwas versteckt, wenn sie mit ihren Brüdern gespielt hatte.

»Sie muss dort schon seit langem ihre Vorräte aufbewahren. Die leere Flasche stand draußen neben dem Ausguss, aber in dem Schrank habe ich noch drei volle und zwei leere Flaschen gefunden. Sie trinkt nicht nur Wein, sie trinkt Cognac und Armagnac. Meine Schwiegermutter hatte auch solche Verstecke. Sie versteckte dort Geld vor ihrem Mann und ihren Kindern.«

Vielleicht noch eine gute Stunde Arbeit, und das Erdgeschoss wäre wieder sauber.

»Du wirst aber heute Abend nicht noch den Fußboden saubermachen wollen, oder?«

»Doch.«

»Aber wozu denn?«

»Damit das Haus morgen früh, wenn sie herunterkommen, aussieht wie immer. Ich bin vielleicht verrückt, aber ich finde, das ist ganz wichtig. Vielleicht tu ich es aus demselben Grund, aus dem die Engländer sich sogar in der Wüste zum Abendessen umziehen.«

»Hast du das erlebt?«

»Ich habe es in Ägypten erlebt. In Argentinien auch.«

Sie hatte die Worte so dahingesagt, aber ihre Gedanken waren mit ganz anderen Dingen beschäftigt, und Désirée hatte keine Ahnung von den Bildern, die dabei vor Jeannes geistigem Auge entstanden.

Oben an der Treppe war ein Geräusch zu hören, und sie reagierten beide gleich. Sie hoben den Kopf zur Decke, als ob sie hindurchsehen könnten. Dann drehten sie sich zur Tür um und stellten fest, dass Henri heruntergekommen war. Er trug seinen Pyjama und einen Morgenrock. Seine Haare waren zerzaust wie bei jemandem, der schon im Bett gelegen hat. Aber er war wach und äußerst erregt.

»Tante Jeanne! Mad ist dabei, ihre Koffer zu packen.«

»Woher weißt du das?«

»Ich wollte ihr gute Nacht sagen. Unter der Tür sah ich Licht, aber sie hat sich geweigert, mir aufzumachen. Ich habe mir nichts weiter dabei gedacht und bin ins Bett gegangen. Durch die Wand habe ich sie herumlaufen hören, und so konnte ich nicht einschlafen. Sie hat eine Schublade nach der anderen aufgemacht, dann hat sie etwas Schweres auf dem Boden entlanggezogen, und ich hab gemerkt, dass es ein Koffer war, den sie heute Nachmittag aus der zweiten Etage geholt haben muss, als sich niemand um sie kümmerte. Ich habe bei ihr geklopft und ihr angedroht, dass ich hinuntergehen und Ihnen Bescheid sagen würde, wenn sie mich nicht reinließe. Da hat sie endlich aufgeschlossen.

Sie ist fast fertig. Ihr Mantel liegt auf dem Bett. Ich habe sie gefragt, wo sie denn hinwill, und sie hat mir geantwortet, dass mich das nichts angeht.«

»Hast du versucht, sie zu überreden, dass sie hierbleibt?«

»Ich habe ihr gesagt, dass sie verrückt ist und kein Recht hat, das zu tun, dass sie nicht weiß, wohin, und im Übrigen kein Geld hat.«

»Was hat sie geantwortet?«

»Das sei ihre Angelegenheit.«

»Sie hat dir keine Erklärung gegeben?«

Er wurde rot, und sie begriff, dass sie von ihm nicht verlangen konnte, seine Schwester zu verraten.

»Sie darf nicht weggehen, Tante. Es sind da Dinge, die

Sie nicht wissen, die ich aber weiß. Wenn sie weggeht, das wäre ganz schlimm, und ich hätte Schuld.«

»Ihr habt euch sehr gut miteinander verstanden?«

»Eine Zeit lang, ja.«

»Seid ihr zusammen ausgegangen?«

Er wandte den Kopf ab, als wolle er seine Gedanken verbergen.

»Ja.«

»Ist das schon lange her?«

»Zwei Jahre. Ungefähr zwei Jahre.«

»Komm mal mit, Henri!«

Sie ging mit ihm in den kleinen Salon, von dem aus man einen Teil des Flurs überblicken konnte. Es war ein Salon im Stil Louis-seize, in dem kerzenförmige Wandleuchter brannten. Er war ihr nur widerwillig gefolgt, und sein Gesicht war puterrot, als stehe ihm eine sehr unangenehme Unterredung bevor, die er seit langem befürchtet hatte. Er blieb stehen, die Hände in den Taschen seines Morgenrocks, und starrte zu Boden.

»Ich will dir nur ein oder zwei Fragen stellen, ganz unter uns. Wenn wir verhindern wollen, dass Mad weggeht, muss ich Bescheid wissen. Oder vielmehr, nein. Ich glaube, es ist dir lieber, wenn ich dich nicht frage. Ich sage dir, was ich denke, und wenn ich mich irre, musst du mich unterbrechen.«

»Sie wird gleich herunterkommen.«

»Sie kann das Haus nicht verlassen, ohne durch den Flur zu gehen, und wir werden sie sehen. Als Madeleine vor zwei Jahren anfing, mit dir auszugehen, warst du siebzehn. Sie war also fünfzehn Jahre alt. Ich nehme an, du durftest zu dieser Zeit noch nicht mit dem Auto deines Vaters fahren.«

»Nein.«

»Wo seid ihr hingegangen?«

»Ins Kino. Mit dem Auto von Freunden.«

»Also waren die Freunde älter als du.«

»Ja.«

»Als ihr an jenem Abend abgefahren seid, wart ihr zwei Jungen und zwei Mädchen. Und so ähnlich ist es wohl auch vor zwei Jahren gewesen? Wahrscheinlich wollte deine Schwester mit den Jungen dasselbe tun, was die Mädchen, die du mitnimmst, mit dir tun?«

»Ich wollte das nicht.«

»Davon bin ich überzeugt. Und weil sie merkte, dass dir das nicht gefiel, fing sie an, ohne dich auszugehen.«

»Ungefähr seit einem Jahr.«

»Kennst du ihre Freunde?«

»Nicht alle.«

»Ich nehme an, das sind keine Jungen in deinem Alter.«

»Nein.«

Er hatte krebsrote Ohren. Es musste für ihn der peinlichste Augenblick seines Lebens sein, ein Augenblick, den er in seinen Albträumen vorausgeahnt hatte.

»Es sind ältere Männer, nicht wahr? Vielleicht verheiratete Männer? Und wahrscheinlich sind die Dinge, die deine Schwester in ihren Schubladen versteckt, Geschenke, die man ihr gemacht hat und die sie euren Eltern lieber nicht zeigen wollte?«

»Woher wissen Sie das?«

»Das wäre alles, Henri. Du kannst jetzt wieder in dein Zimmer gehen. Falls du Angst hast, dass Mad dir Vorwürfe macht, weil du mit mir gesprochen hast, kannst du auch hier unten warten. Aber wenn sie nachher herunterkommt, lässt du uns allein.«

»Ich frage mich, ob es richtig war, dass ich es Ihnen erzählt habe.«

»Es war ganz richtig.«

»Sie müssen das natürlich sagen, aber …«

Sie hatte gerade ihre Arbeit wiederaufgenommen, als er zitternd vor Aufregung zu ihr kam. Weil man sie von da, wo sie sich aufhielten, in der Küche hören konnte, fragte er mit unterdrückter Stimme:

»Hätten Sie einen Moment Zeit?«

Diesmal folgte sie ihm. Er ging mit ihr in die äußerste Ecke des kleinen Salons, blieb dort eine Weile schweigend stehen und wagte nicht, ihr in die Augen zu sehen. Er nahm allen Mut zusammen, um noch das Schlimmste loszuwerden, aber das war schwierig, und sie konnte ihm nicht helfen. Schließlich stotterte er kaum vernehmbar und mit verkrampften Fingern:

»Es ist nicht ganz so gewesen, wie ich es Ihnen gesagt habe.«

»Du hast mir nichts gesagt. Ich habe ja die ganze Zeit geredet. Ich habe versucht, alles zu erraten.«

Er lauschte, voller Angst, seine Schwester könnte herunterkommen und mit der Tante sprechen, bevor er geredet hätte.

»Vor zwei Jahren habe ich mich über sie lustig gemacht.«

»Warum?«

»Weil sie immer allein zu Hause rumsaß und nur ganz langweilige Freunde hatte. Wenn ich nach Hause kam, habe ich ihr absichtlich erzählt, wie gut wir uns amüsiert hatten, sogar wenn es nicht stimmte.«

»Hast du ihr alles erzählt?«

»Nicht alles.«

»Ich verstehe.«

»Zuerst nicht alles. Ich habe ihr gesagt, sie sei scheinheilig und würde als alte Jungfer sterben.«

»Sie war fünfzehn.«

»Ich war dumm. Ich wusste noch nicht, was ich da mache.«

»Gib zu, dass du da selbst gerade erst herausgefunden hattest, was es mit den jungen Mädchen auf sich hat.«

»Ungefähr. Ja, und da hat sie angefangen, mich zu fragen, warum ich sie nicht mitnehme.«

»Was hast du geantwortet?«

»Das sei nichts für sie, nichts für Schwestern.«

»Hat sie das verstanden?«

»Nein. Ich habe ihr erklärt, dass sie sich niemals von einem Jungen küssen lassen dürfe und dass es in unserer Gruppe alle Mädchen täten. Ich weiß nicht, warum ich das gesagt habe. Es war wie ein Zwang, mit ihr darüber zu reden. Ich habe ihr die Namen von meinen Freundinnen genannt, bei denen man sich alles erlauben konnte, was man wollte. Sie war empört und behauptete, das sei nicht wahr und ich sei ein Lügner. Da hab ich ihr dann Einzelheiten erzählt.«

»Alle Einzelheiten?«

»Fast. Außer den ganz schmutzigen. Und danach hat sie angefangen, mich auszufragen. Wenn ich spätabends nach Hause kam, hat sie schon in meinem Zimmer auf mich gewartet. Eines Tages hat sie mir erklärt:

›Ich möchte, dass du mich am nächsten Sonntag mitnimmst.‹

Ich war sprachlos und habe versucht, ihr das auszureden.

›Du weißt, was du da mitmachen musst.‹

›Du behauptest doch, alle deine Freundinnen tun es.‹

›Nicht alle!‹

›Aber die meisten. Das ist dasselbe.‹

Niemand hat davon gewusst, Tante Jeanne, ich schwör's Ihnen. Ich habe deshalb oft nicht schlafen können. Ich wusste, dass es schlimm enden würde, und noch jetzt überfällt mich Angst, wenn ich daran denke.

Ich verstehe nicht, wie ich so etwas tun konnte. Ich war ein dummer Junge.«

Sie lächelte nicht.

»Ich habe sie schließlich mitgenommen, und am Anfang – ich gebe Ihnen mein Ehrenwort – habe ich nicht geglaubt, dass sie es tun würde. Man bildet sich immer ein, die eigene Schwester sei anders.«

»Sie war aber nicht anders«, sagte Tante Jeanne ernst.

»Nein. Ich habe mich so geschämt. Ich habe deshalb ein paar Freunde nicht mehr getroffen. Ich glaube, sie hat sich auch vor mir geschämt und ist deshalb allein ausgegangen. Seit einem Jahr weiß ich sozusagen nicht mehr, was sie tut. Wenn sie nach Hause kommt, wirft sie mir einen spöttischen Blick zu, und manchmal, vor allem am nächsten Morgen, habe ich das Gefühl, sie hasst mich. Und deshalb darf sie auf keinen Fall von hier weggehen. Ich bin für sie verantwortlich. Ich glaube, wenn sie wegginge, würde ich es wie Papa machen.«

»Sag mal, Henri, hat dein Vater das gewusst?«

»Von Madeleine?«

Er zögerte wieder.

»An einem Sonntagmorgen, als ich die Messe schwänzte und Mad ausgegangen war, sah ich, dass die Tür von ihrem Zimmer offen stand. Ich wollte gerade hinuntergehen, um mir eine Tasse Kaffee zu holen, da sah ich meinen Vater in ihrem Zimmer stehen, und als er mich hörte, schob er schnell eine Schublade zu, tat so, als suche er etwas, und sagte mit verlegener Miene zu mir … Ich weiß nicht mehr, was. Ich habe genau gesehen, welche Schublade er zugeschoben hatte, und bin etwas später hingegangen und habe sie aufgemacht. Unter der Unterwäsche habe ich einen Gegenstand gefunden, den die Frauen beim Intimverkehr benutzen.«

Er wusste nicht mehr, wo er hinsehen sollte.

»Hat dein Vater mit ihr darüber gesprochen?«

»Ich weiß nicht. Ich glaube nicht. Sie ist weiter ausgegangen.«

»Hat er mit dir auch nicht gesprochen?«

»Worüber? Über Mad?«

»Über dich.«

»Zuerst hat er es versucht.«

»Und dann?«

»Er hat wohl begriffen, dass es keinen Zweck gehabt hätte. Vielleicht, weil ...«

»Weil was?«

Seine Augen füllten sich mit Tränen. Er versuchte nicht, sie abzuwischen, und sie schienen ihn zu erleichtern.

»Ich weiß nicht. Ich habe in den letzten Tagen fast immerzu darüber nachgedacht. Ich habe mich oft gefragt, warum er nicht strenger war. Ich habe vor meinen Kameraden mit meinem großzügigen Vater angegeben. Vielleicht hatte er Angst, dass wir ausziehen würden, Mad und ich? Oder vielleicht auch, dass wir ihn nicht mehr lieben?«

Zum ersten Mal blickte er ihr durch den Tränenschleier direkt ins Gesicht, und es sah aus, als wolle er sich ihr in die Arme werfen. Und in seinen Augen blitzte etwas auf.

Wohl weil er fürchtete, weich zu werden, sagte er flapsig:

»Sehen Sie, jetzt habe ich auch Angst, dass Mad weggeht! Deshalb bin ich heruntergekommen und habe Ihnen unsere Geheimnisse verraten. Es ist alles nicht sehr schön, nicht wahr? Wenn Sie wüssten, wie sehr ich mich deswegen verachte! Glauben Sie denn noch, dass es uns gelingt, sie zurückzuhalten?«

»Psst!«

In der ersten Etage wurde eine Tür geöffnet und

mit großem Gepolter ein Koffer über den Teppich zur Treppe gezogen.

Jeanne ließ ihren Neffen im kleinen Salon stehen und zog die Tür hinter sich zu. Sie stellte sich an den Fuß der Treppe und sah Madeleine entgegen. Die hatte ihren karierten Reisemantel an und klammerte sich mit einer Hand ans Geländer. Mit der anderen Hand hielt sie den Koffer und ließ ihn Stufe für Stufe die Treppe hinunter.

Mad sah ihre Tante unten stehen, aber sie schien weder überrascht noch verärgert. Sie setzte ihren Weg fort, und bei jeder Stufe zerrte das Gewicht des Koffers an ihrem Arm.

Sie ließ sich Zeit, hatte vor Anstrengung die Zungenspitze zwischen die Lippen geschoben. Der Augenblick würde kommen, an dem sich beide gegenüberstünden, wo eine von ihnen ausweichen müsste. Jeanne schloss die Küchentür, sodass es aussah, als wären sie beide allein im Haus, um diesen Kampf auszutragen.

Noch acht, noch sieben Stufen ... Noch drei, noch zwei ... Jetzt lag der Koffer auf dem Fußabtreter, und es gelang Madeleine mit großer Anstrengung, ihn aufzurichten und gegen den Treppenpfeiler zu lehnen, ohne dass ihre Tante ihr auch nur im Geringsten geholfen hätte.

Die Lippen des jungen Mädchens zitterten ganz leicht, aber ihr Blick war entschlossen. Sie stand jetzt mit Jeanne auf gleicher Höhe, und die fragte im natürlichsten Ton der Welt:

»Hast du ein Taxi gerufen?«

»Das ist nicht nötig. Ich werde mir eins von denen vor dem Hotel nehmen.«

»Richtig, jetzt stehen bestimmt welche da.«

Jeanne ließ sie vorbei, band sich die Schürze ab und ging hinter ihr her, und Mad stellte fest, dass da noch andere Schritte als die ihren auf den Steinfliesen in der Diele zu hören waren.

Erst als sie die Glastür öffnete, die zum Torbogen führte, drehte sie sich um.

»Wo gehen Sie hin?«

Und als ob das ganz selbstverständlich sei, antwortete Jeanne:

»Ich komme mit. Ein Taxi holen.«

6

Sie hatte einen Traum, den sie schon einmal mit elf oder zwölf Jahren geträumt hatte, als sie mit Mumps im Bett lag. Damals war sie mit ihrer Mutter und ihren Brüdern in einer Familienpension am Atlantik in den Ferien gewesen. In dem Traum war sie plötzlich unheimlich dick gewesen, so dick, dass sie das ganze Zimmer ausfüllte, und noch unheimlicher war die weiche, schwammige Masse gewesen, aus der sie bestanden hatte, ähnlich wie ein Pilz, und so luftig, dass ihr war, als würde sie gleich vom Boden abheben und fliegen.

Diesmal war es kein richtiger Traum wie beim ersten Mal. Sie wusste, dass sie in ihrem Zimmer im Bett lag, in ihrem ehemaligen Jungmädchenzimmer, dessen Tapete jedoch nicht mehr blau und rosa geblümt war, sondern modern, einfarbig. Auch lag sie nicht in ihrem großen Mahagonibett von einst, dessen glatte Kanten sie so gern gestreichelt hatte, sondern auf einer niedrigen Couch ohne Holzverkleidung, und von den alten Möbeln war nur die kleine einfache Bauernkommode mit dem angeklebten Fuß übrig geblieben, die wie durch ein Wunder ihren angestammten Platz zwischen den beiden Fenstern behalten hatte.

Vermutlich waren sämtliche alten Möbel des Hauses versteigert worden – Gott weiß, wo sie nun standen! Hatte wohl jemand das kleine Tischchen gekauft, das sie in eine Frisierkommode umgewandelt hatte? Schon als blutjunges Ding hatte sie davon geträumt, einen Frisiertisch zu besitzen, und als man sie mit fünfzehn noch immer als zu jung dafür befunden hatte, hatte sie kurzerhand einen weißen Holztisch mit einem bis auf den Boden reichenden Baumwollvolant umkleidet und an drei Seiten Spiegel daraufgestellt, deren Rahmen sie grau gestrichen hatte. Für ihre Brüder war der Frisiertisch immer nur der »Reifrock« gewesen.

Sie konnte nicht Mumps haben, den bekam man nur einmal im Leben. In ihrem Alter wäre das einfach lächerlich, wie bei der alten Madame Dubois aus dem Regenschirmgeschäft. Die hatte mit achtundsechzig Jahren Keuchhusten bekommen und war daran gestorben. Als Kinder hatten sie Monsieur Dubois immer wieder gefragt:

»Woran ist sie gestorben?«

»An Keuchhusten.«

Das hatten sie so komisch gefunden, dass sie sich auf die Lippen beißen mussten, um nicht loszuprusten.

Jeanne hatte den Wecker auf sechs Uhr gestellt, das fiel ihr im Schlaf wieder ein. Sie hörte sein Ticken, erinnerte sich, dass es wichtig war, dass er klingelte, weil der kommende Tag alles entscheiden würde, und darum machte ihr der Traum auch solche Angst.

Warum dieser Tag so entscheidend war, fiel ihr nicht

ein, doch beim Aufwachen würde sie es bestimmt wieder wissen. Nur durfte sie, um Himmels willen, nicht krank werden!

Eine Weile verharrte sie noch in ihrem traumlosen Dahindämmern, tauchte so weit daraus auf, dass sie ihr Zeitgefühl wiedererlangte, die Stunden wahrnahm, die verstrichen, die Nacht, die sich hinzog und nicht enden wollte, das unentwegte Ticken des Weckers. Als dieser endlich klingelte und sie erlöste, hatte sie schon eine Weile auch bei geschlossenen Lidern gespürt, dass es draußen hell wurde, und das Klingeln des Weckers hätte sie fast auf die Sekunde voraussagen können.

Sie lag wohlig in ihrem Bett, in ihrem Zimmer. Durch den gelben Vorhang drang die Sonne. Vom Bahnhof erklang das Pfeifen eines Zuges. Doch schlagartig verschwand das Gefühl des Aufgehobenseins, und sie schlug die Decke zurück, um ihre Beine anzusehen, die schwer waren und schmerzten.

Sie hätte wissen müssen, dass es so kommen würde. Die Ärzte hatten es ihr prophezeit. Das war ihr schon öfter passiert, nur weniger stark und weniger plötzlich, außer beim ersten Mal. Ihre Beine waren während der Nacht dermaßen angeschwollen, dass von den Knien nichts mehr zu sehen war. Das Ödem verlieh der Haut eine gelbliche Durchsichtigkeit, und als sie mit dem Finger daraufdrückte, entstand eine Vertiefung in der weichen Masse, die sich nicht wie ihr eigenes Fleisch anfühlte, und ein schneeweißer Fleck, der erst nach einer Weile wieder verschwand.

Das Schlimmste war, dass sie jetzt wusste, weshalb dieser Tag so wichtig war und weshalb sie am Abend zuvor, trotz der schlechten Laune, die Désirée zuletzt nicht mehr verbergen konnte, darauf bestanden hatte, dass vor dem Zubettgehen im Haus alles sauber und in Ordnung war.

Sie musste sofort testen, ob ihre Füße, die genauso geschwollen waren wie ihre Beine, sie zumindest so weit trugen, dass sie hinuntergehen und sich in einen Sessel setzen konnte, denn an mehr, und sei es nur, Pantoffeln anzuziehen, war nicht zu denken.

Sie verfluchte ihr Schicksal, tastete mit den Zehen vorsichtig nach dem Bettvorleger und stemmte sich mit Hilfe ihrer Hände hoch. Trotz der Schmerzen gelang es ihr, aufrecht zu stehen. Doch ein Schritt würde genügen, und sie wäre hingefallen. Jeanne ließ es auf einen Versuch nicht ankommen, da sie sich im Geiste schon auf dem Boden liegen sah, ganz allein in ihrem Zimmer, im Nachthemd, mit aufgelösten Haaren, und genötigt, die anderen Hausbewohner um Hilfe zu rufen.

Sie setzte sich wieder auf die Bettkante und hätte beinahe geweint. Sie hatte ganz vergessen, dass sie ein altes Tier war. In der ersten Etage schlief noch alles. Aber vielleicht hatte sie Glück und Désirée war schon aufgestanden, aber noch nicht hinuntergegangen. Als Kind vom Land hatte sie die Angewohnheit beibehalten, früh aufzustehen, und nahm sich nicht viel Zeit zum Ankleiden, da sie es eilig hatte, zu ihrem Milchkaffee zu kommen.

Was sollte Jeanne tun, wenn ihre einstige Schulkameradin schon unten war? In der zweiten Etage gab es keine Klingel. Es konnte Stunden dauern, bis man sich ihretwegen Sorgen machen würde, denn alle wussten, dass sie spät ins Bett gekommen und müde war. Sie horchte auf die Geräusche. Désirées Zimmer lag am anderen Ende des Gangs. Sie hatte sich eines der Mansardenzimmer zum Hof ausgesucht, die für das Dienstpersonal gedacht waren.

Zehn Minuten verstrichen, ohne dass sich etwas rührte und Jeanne sich nicht zu bewegen wagte, aus Angst, etwas zu überhören. Sie überlegte, ob es nicht klüger wäre, sich, wenn nötig auf allen vieren, bis zur Tür zu schleppen, um Désirée auf keinen Fall zu verpassen.

Glücklicherweise waren sie beide erst lange nach Mitternacht zu Bett gegangen. Endlich rauschte ein Wasserhahn, sie hörte leise Schritte, und da wusste sie, dass sie nun nicht mehr lange zu warten brauchte.

»Désirée!«, rief sie mit gedämpfter Stimme, als eine Tür ging.

Sie hatte einen Pantoffel in der Hand und würde ihn als Notsignal gegen die Tür werfen, wenn sie nicht gehört wurde.

»Désirée!«

Die Schritte hielten inne, gingen weiter.

»Désirée!«

Die Schritte kamen zurück. Désirée hielt ihr Ohr an die Tür, unsicher, ob tatsächlich nach ihr gerufen wurde.

»Komm rein. Die Tür ist nicht abgeschlossen.«

Désirée sah Jeanne neugierig und etwas verdutzt an, als ob sie so etwas beim besten Willen nicht erwartet hätte.

»Was hast du? Fühlst du dich nicht gut?«

Désirée hatte die Füße und Beine ihrer Schulfreundin mit keinem Blick gestreift, und Jeanne, die auf der Bettkante gesessen hatte, beeilte sich, sie unter die Decke zu stecken.

»Komm rein und mach die Tür zu. Und sprich bitte leise. Das mit meinen Beinen ist nicht weiter schlimm. Ich habe das in den letzten Jahren öfter gehabt, und es verschwindet immer nach ein paar Tagen. Du müsstest nur gegen acht Uhr Doktor Bernard anrufen, bevor er mit seinen Hausbesuchen beginnt, und ihn herbitten. Sag ihm, er soll direkt zu mir hochkommen. Und wenn du ihn an den anderen vorbeischleusen kannst, ohne dass sie ihn sehen, umso besser.«

»Du hast dich überarbeitet, ich hab's dir gleich gesagt!«

»Ja. Aber davon reden wir jetzt nicht mehr, einverstanden? Es war nötig, und es ist gut, dass alles fertig ist. Nur werde ich leider heute ganz oft deine Hilfe brauchen, und ich fürchte, deine armen Beine werden heute so viele Male die zwei Etagen heraufsteigen, dass ich sie gar nicht zählen kann.«

»Ich werde dich pflegen, so gut ich kann. Ich kenn mich da aus. Mein Mann ...«

»Du musst mich nicht pflegen. Der Doktor wird mir ein Medikament verschreiben, und dann muss ich nur die Wirkung abwarten. Es tut nicht einmal weh. Für mich ist das Wichtigste, dass ich erfahre, was sich unten tut. Es ist sozusagen ihr erster Tag, verstehst du? Und die Zukunft hängt davon ab.«

»Ich denke schon, dass ich verstehe, aber ich finde, du kümmerst dich viel zu sehr um diese Leute, die …«

»Bitte, mach alles genau so, wie ich es dir sagen werde – mir zuliebe.«

»Für dich tu ich das natürlich.«

»Wichtig ist vor allem, dass du fröhlich bist. Du brauchst nicht gerade zu lachen und zu singen, aber es sollte, wenn sie herunterkommen, eine fröhliche Stimmung herrschen, der Tisch sollte hübsch gedeckt sein und der Kaffee sehr gut schmecken. Versuch, warme Croissants zu bekommen. Du kannst sie dir von der Bäckerei bringen lassen, es ist Zeit genug.«

»Glaubst du denn, sie setzen sich alle zusammen an den Tisch?«

»Egal, was sie tun. Aber es ist wichtig, dass der Tisch für alle gedeckt ist, dass jeder sofort seinen Platz und seine Serviette findet. Vielleicht wäre es ganz gut, wenn du für mich auch ein Gedeck auflegst.«

»Wenn du das unbedingt willst …«

Es war offensichtlich zu kompliziert für sie.

»Der Kleine wird sicher anfangen zu schreien. Egal was du von seiner Mutter hältst, versuch, ihn zu beruhigen. Bring ihn zu mir rauf, wenn du nicht weißt, wohin mit ihm. Ich kann zwar nicht aufstehen, aber ich kann im Bett mit ihm spielen, und ich kann ihn hier auch füttern.«

»Ist das alles?«

»Nein. Wenn Monsieur Sallenave eintrifft – er kommt gewöhnlich um halb neun –, musst du ihm von mir etwas ausrichten, aber schau, dass du allein mit ihm im Büro bist.«

»Was muss ich ihm sagen? Soll er zu dir kommen?«

»Bloß nicht, außer es geht nicht anders. Aber im Laufe des Vormittags, wenn Henri fertig gefrühstückt hat, soll er zu ihm hineingehen und ihm sagen, als sei nichts dabei, er brauche seine Hilfe und ob er ihm nicht ein wenig zur Hand gehen könne. Er soll ihm irgendetwas zu tun geben, und es wäre auch nicht schlecht, wenn er ihn um seine Meinung über unwichtige Angelegenheiten bitten würde. Vor allem soll er zusehen, dass Henri am Platz seines Vaters sitzt.«

»Also, das habe ich verstanden. Allerdings bezweifle ich, dass daraus was wird. Und ich sage dir noch mal, du kümmerst dich viel zu viel um ...«

»Das ist noch nicht alles. Du müsstest noch einmal telefonieren, später, wenn meine Schwägerin bei mir ist.«

»Glaubst du denn, sie kommt?«

»Vielleicht. Du wirst dann Maître Bigeois, dem Notar, sagen, dass die Schwester von Robert Martineau ihn gern sprechen würde, aber leider nicht zu ihm kommen kann.«

»Ist das jetzt alles?«

»Ja.«

»Was möchtest du essen?«

»Das ist unwichtig. Am besten esse ich überhaupt nichts, denn alles mit Salz ist jetzt verboten.«

»Ich koch dir was ohne Salz.«

»So weit kommt's noch! Als ob du nicht genug Arbeit hättest! Geh jetzt, meine arme Désirée. Ich hoffe, es dauert nicht zu lange. Das viele Treppensteigen ist nur für heute. Morgen wird alles anders sein. Ich denke auch an deine Beine, glaub mir! Gib mir nur noch meinen Kamm, ein nasses Tuch und die Flasche Kölnischwasser, die auf der Kommode steht. Das Zimmer riecht schon nach Krankheit. Wenn ich mich so fühle wie jetzt, ekelt mich mein eigener Geruch, und da kann ich mir gut vorstellen, wie das erst für die anderen sein muss!«

Es war ein ganz und gar merkwürdiger Tag. Sie hatte in der Nacht vor dem Einschlafen lange nachgedacht und versucht, alle Möglichkeiten vorauszusehen und im Voraus zu überlegen, wie sie in diesem oder jenem Fall entscheiden würde. Sie hatte vorausgesehen, dass sie sich ein bisschen schämen und unbehaglich fühlen würden, verärgert über sich selbst wie am Morgen nach einer Orgie, und dass dann alles heikel und riskant sein würde: jedes Wort, jede Reaktion und selbst so einfache Dinge, wie sich zum Essen an den Tisch zu setzen oder den Blick eher hierhin als dahin zu wenden.

Deshalb war es ihr so wichtig gewesen, dass alles schön aufgeräumt war und das Haus einladend wirkte. Sie wäre gern dabei gewesen und hätte so unauffällig etwaige Zusammenstöße von vornherein abfangen können.

Nun war sie hier oben in ihrem Zimmer ans Bett gefesselt, mit keiner anderen Verbindung zum Rest der Welt als Désirée. Und Désirée war nur allzu geneigt, unten ein mürrisches Gesicht aufzusetzen und die anderen für ihre Erschöpfung vom Vorabend büßen zu lassen.

Allmählich erwachte das Städtchen, zuerst weiter weg, in Richtung Bahnhof. Um acht Uhr war das Rumpeln der großen Tore der Weinlager zu hören, die der Kellermeister jeden Morgen öffnete, und dann das Rollen der leeren Fässer über den gepflasterten Hof.

Zu dieser Zeit war Désirée schon einmal heraufgekommen und hatte ihr einen Milchkaffee und ein Marmeladenbrot gebracht, das Jeanne aber nicht anrührte.

»Was soll ich ihnen sagen, wenn sie mich fragen, was dir fehlt?«

»Dass ich müde bin und mich nicht wohlfühle, aber später hinunterkommen werde.«

»Aber das ist nicht wahr!«

»Das macht nichts, sag es trotzdem. Warum habe ich Bob noch nicht weinen hören?«

»Als seine Mutter herunterkam, um ihm sein Fläschchen heiß zu machen, hatte sie ihn auf dem Arm. Ich habe ihr angeboten, auf ihn aufzupassen, aber sie wollte sich allein mit ihm beschäftigen. Im Augenblick singt sie ihm Lieder vor.«

Zweifellos auf den Rat ihrer Eltern hin, um sich keine Blöße zu geben, falls es zu einer Auseinandersetzung kommen sollte.

»Kannst du Bob seinen Laufstall aufstellen? Nicht im kleinen Salon, wo sich keiner aufhält, sonst kommt er sich bestraft vor. Stell ihn lieber ins Esszimmer.«

»Da ist er aber im Weg.«

»Gut so. Alle sollen ihn sehen.«

»Wie du meinst.«

Gegen alle Erwartungen ging Louise als Erste hinunter, und Jeanne, die Désirée gebeten hatte, die Tür einen Spaltbreit offen zu lassen, hörte, wie sie auf dem Treppenabsatz stehen blieb und lauschte, bevor sie die Treppe hinunterstieg.

Kurz danach betrat Henri das Esszimmer, und schließlich klopfte der Doktor am Tor. Er konnte sich nicht unbemerkt an ihnen vorbei und zu ihr hochschleichen. Jeanne hörte ihn mit jemandem im Erdgeschoss sprechen, wusste aber nicht, mit wem; dann hörte sie seinen gleichmäßigen Schritt auf der Treppe. Vor der Tür blieb er diskret einen Augenblick stehen und erschien dann auf der Schwelle.

»Darf ich eintreten?«

»Natürlich, Doktor.«

Er war genauso ruhig wie am Sonntagmorgen und, wie es schien, genauso kühl. Seit dem frühen Morgen hatte Jeannes linkes Augenlid anzuschwellen begonnen. Das kam nun noch dazu. Es sah aus wie ein Bienenstich, aber der Arzt ließ sich nicht täuschen. Er zog einen Stuhl heran und begann sofort den Blutdruck zu messen.

»Es ist nicht das erste Mal, oder?«

»Nein. Ich hatte es schon einmal vor zehn Jahren in Ägypten, aber weniger stark. Und dann noch drei- oder viermal in Istanbul.«

»Die Beine?«

Er tastete sie ab, bewegte die großen Zehen, deckte sie wieder zu.

»Ist Ihr Herz kürzlich untersucht worden?«

»Vor zwei Monaten, kurz bevor ich aufs Schiff ging. Es scheint in ganz gutem Zustand zu sein. Kein Grund zur Sorge. Hat meine Schwägerin mit Ihnen gesprochen?«

»Ich habe sie nicht gesehen. Ich bin nur ihrem Sohn begegnet.«

»Weiß er, dass Sie meinetwegen gekommen sind?«

»Es wäre schwierig gewesen, ihm das zu verheimlichen.«

»Welchen Eindruck macht er?«

»Ruhig, etwas angespannt.«

»Hat er nichts zu Ihnen gesagt?«

»Er hat mich gebeten, das Haus nicht zu verlassen, ohne dass ich mit ihm gesprochen habe.«

Er seufzte und steckte das Stethoskop wieder weg.

»Sie wissen mit der Diät Bescheid?«

»Kein Salz. Sehr wenig Fleisch. Keine Gewürze. Weder Kaffee noch Tee. Alle zwei Stunden eine von den Tabletten, die Sie mir verschreiben werden, mit einem großen Glas Wasser einnehmen.«

Sie lächelte ihn an.

»Das ist doch alles, oder?«

»Sie vergessen die Hauptsache.«

»Nicht herumlaufen, ich weiß.«

»Soll ich das Rezept dem Dienstmädchen geben? Oder ist es Ihnen lieber, wenn ich Ihnen das Medikament direkt von der Apotheke schicken lasse?«

»Das wäre besser, wenn es Ihnen nicht zu viel Mühe macht. Désirée wird heute viel Arbeit haben, und mich hat sie auch noch am Hals. Sagen Sie, Doktor, wie lange, glauben Sie, wird es …«

»Wie lange haben Sie das letzte Mal gelegen?«

»Eine Woche, aber …«

»Rechnen Sie mit zwei. Vielleicht auch nur mit zehn Tagen.«

Er hatte sie die ganze Zeit beobachtet, genau wie am Sonntag auch schon, aber diesmal hatte sie wiederholt den Eindruck, als sei die Kälte aus seinem Gesicht gewichen. Auf dem Weg zur Tür wollte er sich zuerst noch einmal umdrehen, sagte dann aber nur kurz:

»Ich komme morgen im Laufe des Tages noch einmal vorbei.«

Während seines Besuchs hatte Jeanne sich vergeblich bemüht, auf die Geräusche im Haus zu hören. Das war dem Arzt nicht entgangen, was wiederum sie gemerkt hatte, und vielleicht hatte er gerade in diesem Augenblick am meisten mit ihr gesprochen.

Er hielt sich nicht lange unten auf; kurz darauf fiel das große Tor ins Schloss. Es mussten jetzt mehrere Personen unten um den Tisch im Esszimmer sitzen, nach Désirées emsigen Schritten und dem Klappern des Geschirrs zu schließen.

Eine halbe Stunde verstrich, ehe jemand die Treppe heraufkam. Jeanne erkannte den Schritt ihrer alten Schulfreundin, die bemüht war, nicht allzu atemlos zu erscheinen.

»Was hat er gesagt?«, fragte sie und setzte sich auf eine Stuhlkante.

»Dass es nichts ist, genau wie ich vermutet hatte.«

»Salzlose Kost?«

»Weder Salz noch Pfeffer, wenn's nicht zu viel Umstände macht. Was tut sich unten?«

»Zuerst bin ich zum Buchhalter gegangen, wie du mir aufgetragen hast. Er scheint sofort begriffen zu haben. Er war gerade erst gekommen.«

»Wer ist im Esszimmer? Warte. Meine Schwägerin war als Erste unten. Hat sie etwas zu dir gesagt?«

»Als sie unten ankam, sah sie aus wie ein Gespenst. Sie ist buchstäblich geschlichen, und ich brauchte eine Weile, bis ich sie überhaupt bemerkte. Sie scheint vor irgendjemandem fürchterliche Angst zu haben. Wenn einer auch nur versuchte, ihr ein Haar zu krümmen, würde sie sofort davonrennen und sich in ihr Zimmer einschließen – so kommt es mir vor. Sie hat nur kurz in die Küche hineingeschaut und schien überrascht, dass du nicht da warst. Dann ist sie ins Esszimmer gegangen. Ich habe ihr sofort einen heißen Kaffee gebracht, sodass sie sich nur hinzusetzen brauchte.

›Ist meine Schwägerin noch nicht heruntergekommen?‹, hat sie gefragt.

Und als ich ihr antwortete, wie du es mir aufgetragen hast, kam Henri dazu. Ihm habe ich auch Kaffee eingegossen. Er hat ›Guten Morgen‹ gemurmelt und seine Mutter dabei nicht angesehen. Ich habe ihnen warme Croissants gebracht, und dann … warte … Ich finde mich in dem Hin und Her schon gar nicht mehr zurecht. Je mehr ich mich bemühe, mich zu erinnern, desto mehr komme ich durcheinander. Ach ja! Der Doktor hat draußen ans Tor geklopft. Ich habe ihm schnell aufgemacht, und als wir in den Flur kamen, ist Henri aufgestanden und wollte sehen, wer da war. Sie haben sich dann eine Weile unterhalten, und als der Doktor dann bei dir oben war, kam Alice herunter, diesmal fertig angezogen, gewaschen und frisiert, den Säugling auf dem Arm. Als sie den Laufstall im Esszimmer sah, hat sie versucht, Bob hineinzusetzen. Da hat er zu weinen angefangen, und damit seine Mutter in Ruhe frühstücken konnte, habe ich ein bisschen mit ihm gespielt. Er hat sich dann so gut an das Ställchen gewöhnt, dass ich mich wieder um das Frühstück kümmern konnte.«

»Haben sie sich bei Tisch unterhalten?«

»Nicht viel. Ich glaube, Henri hat von dir und dem Doktor gesprochen. Tja! Als der Doktor dann herunterkam, immer noch kalt wie eine Hundeschnauze, hat ihn dein Neffe bis zum Tor und noch weiter auf die Straße begleitet.«

»Ach, darum habe ich ihn unten nicht gehört.«

»Henri ist anschließend in die Küche gekommen und hat mir doch tatsächlich ausgerichtet, ich soll dir die Medikamente hochbringen, sobald sie gekommen sind, und dir dein Essen ohne Salz und Pfeffer kochen. Dann ist er ins Esszimmer gegangen, hat ein wichtiges und besorgtes Gesicht gemacht und den anderen die Neuigkeit mitgeteilt.

Danach ist der Buchhalter gekommen und durch die

Küche gegangen. Er hat mich mit lauter Stimme gefragt, als ob es um etwas sehr Ernstes gehen würde:

›Ist Monsieur Henri da?‹

›Im Esszimmer.‹

›Glauben Sie, dass ich ihn stören darf?‹

›Aber ganz bestimmt.‹

Ich bin nicht mit hineingegangen, weil ich Angst hatte, nicht ernst bleiben zu können. Sie sind dann zu zweit durch die Küche marschiert, und Henri hat mir mit wichtiger Miene gesagt:

›Würden Sie meiner Tante sagen, dass ich gerade nach oben kommen wollte, um zu hören, wie es ihr geht, aber Monsieur Sallenave braucht mich in einer dringenden Angelegenheit. Ich besuche sie, sobald ich Zeit habe. Sie soll für sich Sorge tragen und vor allem nicht aufstehen.‹«

»Ist das alles?«, fragte Jeanne, die nur halb beruhigt war, aber trotzdem schmunzeln musste. »Was macht meine Schwägerin gerade?«

»Sie schwirrt herum wie ein Insekt, das einen Platz sucht, wo es sich niederlassen kann. Sie ist ein- oder zweimal vor Bobs Ställchen stehen geblieben, das ihr dauernd im Weg steht, aber sie konnte sich nicht dazu aufraffen, mit ihm zu spielen.«

»Alice?«

»Sitzt noch beim Frühstück und liest dabei Zeitung.«

»Und Madeleine?«

»Als ich an ihrem Zimmer vorbeiging, habe ich Geräusche gehört. Sie ist noch nicht heruntergekommen. Soll ich jetzt den Notar anrufen?«

»Nicht bevor ich es dir sage.«

»Willst du nicht einen Happen essen?«

»Wenn du heute Mittag Zeit hast, mach mir ein bisschen Gemüse, grüne Bohnen vielleicht, es sind welche im Haus, oder irgendetwas anderes. Hat jemand angerufen?«

»Nein.«

»Danke, Désirée.«

»Keine Ursache. Versuch, ein wenig zu schlafen. Ich werde jetzt die Tür zumachen.«

»Bloß nicht!«, protestierte Jeanne erschrocken.

Und kaum war Désirée gegangen, spitzte sie wieder die Ohren, legte sich quer ins Bett, um besser zu hören. Es war ihr klar, dass es für Mad am schwierigsten war und dass sie deshalb das Hinuntergehen hinauszögerte, und das beunruhigte Jeanne.

Glücklicherweise war der große Koffer bereits ausgepackt, und Jeanne und Désirée hatten ihn nach Mitternacht in das Zimmer im zweiten Stock hochgeschleppt, wo Gepäckstücke, alte Schuhe und Kleider auf einem Haufen lagen.

Die Schlepperei hatte Désirée den Rest gegeben, und Jeanne hatte schon befürchtet, dass ihre Freundin ihr die Hilfe schlichtweg verweigern würde.

»Findest du es nicht blödsinnig, mitten in der Nacht den leeren Koffer die Treppe hinaufzuwuchten, wo doch überall ein Haufen Platz ist?«

Dabei war das im Gegenteil ganz wichtig gewesen. Madeleine hatte es sofort begriffen. Wer weiß, ob dieser

Koffer nicht der Hauptgrund gewesen war, warum ihr am Vorabend unterwegs doch noch Bedenken gekommen waren.

Dabei hatten Tante und Nichte kaum miteinander gesprochen. Es war ein fast wortloser Spaziergang durch die dunkle Stadt gewesen.

Ein falsches Wort hätte genügt, um alles zu zerstören. Noch nie in ihrem Leben war Jeanne äußerlich so ruhig und innerlich so angespannt gewesen, wie als sie an der Seite des jungen Mädchens die Brücke überquert und ihm ihre Gegenwart aufgezwungen hatte.

Mad marschierte da noch mit großen entschiedenen Schritten vorwärts, sah starr vor sich hin und tat, als wäre sie allein.

»Begleiten Sie mich ruhig, wenn Sie möchten«, schien ihr Blick sagen zu wollen. »Ich kann Sie nicht daran hindern. Das Trottoir ist für jeden da. Aber Sie verschwenden Zeit und Mühe.«

Da war sie noch voller Schwung und Selbstsicherheit gewesen. Den ersten Dämpfer hatte sie erhalten, als sie ganz gegen ihre Erwartung feststellen musste, dass aus einem unerfindlichen Grund, einem wunderbaren Zufall, beim Anneau d'Or kein Taxi stand.

Ein paar Meter vor der Terrasse blieb sie plötzlich stehen, noch im Dunkeln, wahrscheinlich weil sie nicht am Abend der Beerdigung ihres Vaters im Reisemantel gesehen werden wollte.

Einige Gäste saßen noch draußen in der lauen Abendluft. Eine junge Frau fläzte sich aufreizend mit untergeschlagenem Bein in weiten Shorts in einem Korbsessel und rauchte eine Zigarette. Sie lachte affektiert und paffte den beiden Männern an ihrem Tisch den Rauch ins Gesicht. Hinter den großen Fenstern waren die Köpfe der Kartenspieler zu erkennen, darunter bestimmt auch welche, die als Kinder Jeannes Spielkameraden gewesen waren.

»Ich fürchte, es bleibt uns nichts anderes übrig, als es am Bahnhof zu versuchen«, stellte die Tante gut gelaunt fest und gab acht, dass in ihrer Stimme nicht die leiseste Ironie mitschwang.

Sie mussten um die Terrasse herumgehen, und es galt unter allen Umständen zu vermeiden, dass Mad umkehrte, um von zu Hause aus telefonisch ein Taxi zu bestellen.

Die Frau hatte etwas derartig Vulgäres und Herausforderndes in ihrer Haltung und ihrem Lachen, dass Mad sich unwillkürlich einen Ruck gab und an der Terrasse vorbeiging.

Seite an Seite gingen Tante und Nichte unter den Straßenlaternen dahin, abwechselnd durch dunkle, dann matt erleuchtete und endlich strahlend helle Straßenabschnitte, abhängig davon, ob sie sich von einem Lichtkreis entfernten oder sich wieder einem näherten. Jemand, ein Mann, wahrscheinlich ein Arbeiter unterwegs zur Nachtschicht, ging auf dem Trottoir gegenüber genau auf ihrer Höhe, und sein gleichmäßiger Schritt begleitete sie die ganze Zeit auf ihrem Weg.

Jeanne sagte immer noch nichts, und Mad lief neben ihr her und sah stur geradeaus.

Ihre Tante dagegen betrachtete die Häuser und die Geschäfte mit den deutlich lesbaren Firmenschildern und den heruntergelassenen Jalousien. Seit sie von hier fortgegangen war, hatte das Hutgeschäft der Schwestern Cairel einer Bank mit weißer Betonfassade Platz machen müssen, ebenso das Regenschirmgeschäft der alten Madame Dubois, die an Keuchhusten gestorben war. Sie und noch andere waren tot. Es musste auf dem Friedhof eine ganze Ecke geben mit Leuten, die Jeanne noch gekannt hatte. So wie andere noch lebten und eines Tages auch nicht mehr da wären, wenn Madeleine so alt sein würde wie Jeanne jetzt und zufällig durch dieselben Straßen ginge.

Eine andere Désirée würde dann vermutlich neben Madeleine gehen und ihr mit gleichförmig dahinplätschernder Stimme sagen:

»Erinnerst du dich noch an Germaine Donceur mit den vielen Sommersprossen, die aussah wie ein zu lange gebackenes Brot? Sie ist verheiratet, hat das Geschäft ihrer Eltern übernommen und hat jetzt sieben Kinder. Ihre älteste Tochter ist die Frau des Abgeordneten, und einer ihrer Söhne hat es zu einem Gouverneursposten in den Kolonien gebracht.«

Die Straße war lang und stieg leicht an. Tante und Nichte kamen an einem früher schäbigen Hotel vorbei, das zu Jeannes Zeiten einen zweifelhaften Ruf genossen hatte, inzwischen aber frisch gestrichen war und sich einen neuen Namen zugelegt hatte.

Sie spürte, dass ihr Schweigen ihre Nichte langsam

mürbe machte und sie aus dem Tritt brachte. Aber damit war die Sache noch längst nicht ausgestanden, und Jeanne hielt innerlich den Atem an wie ein Seiltänzer vor einer schwierigen Nummer.

Anfangs waren sie mit dem Mann auf der anderen Straßenseite im Gleichschritt gegangen, so wie man automatisch den Takt einer Militärkapelle übernimmt. Der Mann machte große Schritte, schien es eilig zu haben.

Es galt, aus diesem Gleichtakt herauszukommen und Madeleine in ihrem vorwärtsstrebenden Elan zu bremsen. Doch durfte der Impuls nicht von Jeanne ausgehen. Er musste von dem jungen Mädchen selbst kommen, das immer noch wie an einer unsichtbaren Schnur vorwärtsgezogen wurde.

Dann kam der Augenblick, als die Tante völlig außer Atem war, es nicht zeigen wollte und schluckte. Sie waren sich durch das Schweigen plötzlich so nah, dass Madeleine zusammenfuhr und leicht den Kopf wandte.

»Haben Sie was gesagt?«

»Nein, warum?«

»Nur so.«

Diese kurze Unterbrechung hatte ihre Schritte unmerklich verlangsamt, und bald darauf war der Mann, der sie mitgezogen hatte, so weit voraus, dass das Hämmern seiner Absätze keinen Zwang mehr auf sie ausübte.

Jeanne ahnte, dass Madeleine dabei war, sich die Predigt selbst zu halten, die sie von ihrer Tante erwartet hatte und die nun nicht kam.

Weil niemand etwas zu ihr sagte, weil ihre Tante

stumm blieb und von sich aus kein Gespräch anfangen würde, hatte Madeleine niemanden, dem sie hätte widersprechen können.

Oben am Ende der Straße verstellte der Bahnhof die Aussicht, die Lampen brannten dort heller als anderswo, und auch der Rauch der Eisenbahn, der hinter dem Bahnhofsdach aufstieg, hob sich hell vom Himmel ab. Dort oben würden sicher Taxis stehen, eines oder zwei mindestens. Es waren nur noch zweihundert Meter bis dahin. Den gleichen Weg waren kurz zuvor bei Sonnenuntergang die Fisolles gegangen, ihren Sohn hinter sich her ziehend und mit ganz anderen Plänen im Kopf.

Einen Moment waren sie kaum merklich aus dem Gleichschritt geraten, aber Madeleine bemühte sich – wie ein Soldat in der Kolonne –, wieder hineinzukommen, und als es ihr nicht auf Anhieb gelang, schlug sie versuchsweise ein langsameres Tempo an.

Selbst jetzt redeten die beiden nicht. Sie kamen auch nicht, wie Madeleine es bestimmt erwartet hatte, auf den Weggang eines anderen jungen Mädchens zu sprechen, das vor vielen Jahren das cremefarbene Haus an der Brücke verlassen hatte.

Schritte auf der Straße, eine Laterne, der sie sich näherten und von der sie sich wieder entfernten, einem neuen Licht entgegen; der geschmeidige und entschlossene Gang eines jungen Mädchens und der einer dicken älteren Frau, die sich nicht abhängen ließ, die immerzu da war, auf gleicher Höhe, unerbittlich, und die andere daran hinderte, zu sich zu kommen.

Das Ganze hing an einem Faden! Jeanne wusste es und wagte kaum zu atmen. Sie betete nicht, sie konnte nicht beten, aber sie spannte ihre ganze Willenskraft an, als käme es nur auf das und auf ihre Hartnäckigkeit an.

Der Mann auf der anderen Straßenseite hatte jetzt den Bahnhof erreicht. War er der Lokomotivführer des Güterzugs mit der Rauchfahne, der darauf wartete, durch die nächtliche Landschaft gefahren zu werden? Ohne das Geräusch seiner Schritte wirkte die Straße plötzlich leer, und man hörte nun die von Mad und ihrer Tante, die nicht mehr im Gleichtakt waren, umso deutlicher.

Dann plötzlich – und es war wie eine Luftblase, die endlich in Jeannes Kehle platzte – blieb Madeleine stehen, machte auf dem Absatz kehrt und knurrte gehässig, ehe sie wieder in den Lichtkegel der eben passierten Laterne traten:

»Glauben Sie jetzt, dass Sie gewonnen haben?«

»Nein.«

Sie legten auch den Rückweg schweigend zurück. Die Gäste des Anneau d'Or waren hineingegangen, und die Frau mit den nackten Schenkeln lehnte aus einem Fenster des Hotels, während sich hinter ihr im Zimmer ein Mann auszog. Die unbeweglichen Köpfe der Kartenspieler dagegen zeichneten sich immer noch hinter den breiten Fenstern ab.

Auf der Brücke verlangsamte Mad ihren Schritt. Jeanne, die erriet, warum, sagte leichthin:

»Désirée wird uns helfen, den Koffer nach oben zu tragen.«

Henri ließ sich glücklicherweise nicht blicken. Er hatte im dunklen Salon gewartet, und seine Schwester hatte keine Ahnung, dass er da war und alles mithörte.

»Würdest du uns helfen, Désirée?«

»Wobei?«

»Den Koffer in den ersten Stock zu tragen.«

Sie folgte ihrer Freundin auf dem Fuß, um sie daran zu hindern, Überlegungen anzustellen.

»Wir bringen ihn in Mads Zimmer.«

»Kann er nicht hier auf dem Treppenabsatz bleiben?«

»Nein.«

Es war ganz wichtig, dass Mad ihn noch am selben Abend auspackte. Ihre Tante half ihr dabei und gab sich redlich Mühe, nicht den Eindruck zu erwecken, als könnte sie der Inhalt interessieren.

»Désirée und ich bringen den leeren Koffer in den zweiten Stock hoch. Er ist nicht schwer. Du kannst deine Tür zumachen. Gute Nacht, Mad.«

Madeleine zögerte und murmelte zur Wand hin:

»Gute Nacht.«

Das war alles.

An diesem Morgen nun hatte sie sich noch nicht blicken lassen. Es war schwierig für sie. Sie hatte bestimmt hundertmal hinter ihrer Tür auf das Kommen und Gehen im Haus gelauscht. Sicher knurrte ihr der Magen. Ihre Mutter war unten. Wo ihr Bruder war, wusste sie nicht. Ob sie ahnte, dass ihre Tante krank im Bett lag?

Bestimmt hatte sie Doktor Bernards Stimme und Désirées Schritte im Treppenhaus gehört.

Es war fast zehn Uhr, als das Geländer plötzlich knackte, danach eine Treppenstufe, auf der jemand stehen blieb.

Für andere Menschen wäre nun nichts mehr zu hören gewesen, aber Jeanne lauschte so angestrengt, dass sie meinte, das Ticken der Standuhr in einem der Zimmer in der ersten Etage zu vernehmen.

Sie zog das Laken straff, fasste mit beiden Händen in ihren Nacken, um etwas Ordnung in ihr glanzloses Haar zu bringen, atmete einmal tief durch, lächelte und sagte schließlich:

»Komm rein.«

Madeleine, die draußen im Flur stand, brauchte bloß einen Schritt zu tun.

7

Setz dich!«

Sie wies auf den niedrigen Stuhl, auf dem Doktor Bernard gerade eben gesessen hatte. Ein winziges Zögern ihrer Nichte, wie der Ausschlag eines hochsensiblen Messgeräts, das selbst kleinste Veränderungen registriert, ließ sie hinzufügen:

»Würdest du wohl vorher so freundlich sein und die Jalousien herunterlassen? Ich glaube, das grelle Licht tut meinen Augen nicht gut.«

Das war eine Notlüge, aber sie ahnte, dass Madeleine in dieses Zimmer gekommen war, als ginge es zur Beichte, und da war es besser, die Stadt in ihrem Sonnenglanz draußen zu lassen. Madeleine trug wieder ein schwarzes Kleid und roch frisch gebadet. Sie war auffallend gepflegt, hatte ihr Haar sorgfältig gekämmt, kaum Puder und überhaupt keinen Lippenstift aufgelegt.

Sie wirkte sehr jung so, sehr jungmädchenhaft, wenn man von den Rundungen ihrer Hüften und ihres Busens absah, die sie schon zu einer Frau machten.

»Setz dich«, wiederholte Jeanne, denn das junge Mädchen stand immer noch und hatte eine Hand auf der Stuhllehne.

Sie verharrten beide schweigend, aber nicht wie am Abend zuvor, sondern wie in einer gemeinsamen stillen Andacht. Madeleine hob ihren Blick noch nicht zum Gesicht ihrer Tante, richtete ihn vielmehr auf deren geschwollene bläuliche Hände, die auf der Bettdecke lagen, während Jeanne die flatternden Wimpern ihrer Nichte betrachtete; sie wusste, dass das Kinn sich endlich heben würde und dass sie bis dahin nichts sagen durfte.

Und dann hob ihre Nichte auch wirklich das Gesicht, in dem kein Lächeln und kein Trotz standen, nur ein Ausdruck von Erschöpfung.

»Was denken Sie von mir?«, fragte sie mit einer Stimme, die nur dank äußerster Willensanstrengung nicht zitterte.

»Ich denke, Mad, dass ich ein kleines Mädchen vor mir habe, das alles darum gäbe, sich sauber zu fühlen.«

Madeleines Augen wurden größer, füllten sich mit Tränen.

»Woher wissen Sie das?«, konnte sie gerade noch stammeln, dann warf sie sich über die Hand ihrer Tante und begann zu schluchzen.

Die Zeit war noch nicht reif für eine Antwort. Es gab auch so schnell nichts zu sagen, und diese vielen heißen Tränen waren zu kostbar, als dass sie ihnen Einhalt gebieten mochte. Mad presste ihr Gesicht auf die geschwollene alte Hand, und die Erschütterungen ihres Körpers übertrugen sich auf das Bett. Mit ihrer freien Hand strich Jeanne nachdenklich über das weiche braune Haar.

»Warum?«, begann das junge Mädchen zwischen zwei Schluchzern. »…rum?«

Unwillkürlich lächelte sie über ihre Unfähigkeit, die Worte auszusprechen, und fing wieder an zu weinen. Aber schon hellte sich ihr Gesicht auf.

Nach und nach kam sie wieder zu Atem, schluckte aber während des Sprechens noch ein bisschen.

»Es ist zu albern! Ich habe noch nie vor jemandem so geheult.«

Sie beobachtete ihre Tante, deren linkes Auge noch immer angeschwollen war, und schien sich dieselbe oder doch eine ähnliche Frage zu stellen wie Doktor Bernard eben. Die anderen stellten sie sich bestimmt auch, Louise, ihr Sohn, selbst Monsieur Sallenave, jeder auf seine Art, alle bis hin zu Désirée waren beunruhigt und stellten sich diese Frage.

Die alte Frau lächelte ein trauriges und ein wenig geheimnisvolles Lächeln, das wohl eher der Neugier der andern als der Frage ihrer Nichte galt. Aber Mad konnte das nicht wissen. Sie war noch in dem Alter, wo man alles auf sich bezieht.

»Warum haben Sie mir vertraut?«

»Weil ich wusste, dass ich nicht enttäuscht werden würde.«

»Es ist das erste Mal, dass mir jemand vertraut. Wussten Sie das auch? Jeder misstraut mir. Von jeher. Schon als kleines Mädchen musste ich immer wieder hören, wie meine Mutter mich beschuldigte:

›Ich wette, du lügst!‹

Und wenn ich mich an meinen Vater anschmiegte, hat er mich lächelnd gefragt:

›Sag, was willst du? Was möchtest du denn gern haben?‹ Aber Sie haben nichts gesagt. Sie haben mich nicht verhört. Sie haben mir keine Vorwürfe gemacht.«

»Hat man dich denn nicht längst mit Vorwürfen überhäuft?«

»Doch. Woher wissen Sie das? Davon konnte Ihnen doch keiner was sagen, weil ja niemand glaubt, dass ich Gewissensbisse haben könnte, nicht einmal Gefühle. Sie denken alle, ich bin hart, ehrgeizig und nur um mich und mein Vergnügen besorgt. Um mein Vergnügen vor allem, nicht wahr?«

Sie brach in ein kleines bitteres, ironisches Lachen aus, das unecht klang und wehtat.

»Henri hat Ihnen bestimmt von meinem Vergnügen berichtet, von meinen Vergnügungen, meinen schmutzigen Vergnügungen. Als er gestern Abend herunterkam, hat er mir angedroht, Ihnen alles zu erzählen, weil er wollte, dass Sie mich daran hindern wegzugehen. Ich hatte schon damit gerechnet, dass Sie in meinem Zimmer auftauchen und mir Vorwürfe machen würden, damit ich mich für mein Verhalten schäme. Aber Sie haben nichts gesagt. Auch jetzt sagen Sie nichts.

Doch, doch! Sie wissen, dass ich mich schmutzig fühle! Hören Sie! Heute Morgen habe ich mich wie verrückt gewaschen, als ob es da etwas gäbe, was man abwaschen kann. Jedes Mal wenn ich nach Hause komme, gehe ich in die Badewanne. Sie werden mich auslachen. Ich wasche mir sogar die Haare, und ich brauche die halbe Nacht, um sie trocken zu kriegen.«

Sie hatte sich aufgerichtet, hatte nun schneller und abgehackt gesprochen, lief durchs Zimmer, blieb stehen und sah ihre Tante erwartungsvoll an.

»Sie fragen mich nicht, warum ich *es* tue?«

»Nein.«

»Wissen Sie es denn? Ich frage es mich ja selbst, und manchmal denke ich, weil ich das Bedürfnis habe, mich dreckig zu machen.«

Sie betrachtete die Wände um sich herum mit einer Art Verzweiflung.

»Immer dieses Haus und das Leben, das hier geführt wird, die großen Reden, die hier geschwungen werden, und die kleinen Sorgen, die alle haben ... War das zu Ihrer Zeit auch schon so?«

»Mit dem Unterschied, dass mein Vater, den du gekannt hast, uns äußerst streng erzogen hat. Wir durften bei Tisch nicht sprechen, nicht ohne Erlaubnis das Esszimmer verlassen, nicht ohne Begleitung des Hausmädchens spazieren gehen. Es war nicht erlaubt, ihm zu widersprechen oder sich bei den Mahlzeiten um eine Minute zu verspäten. Wenn ich in Pantoffeln und im Morgenrock erschienen wäre, ich glaube, mein Vater hätte mich geohrfeigt; aber es kam mir nie in den Sinn, es darauf ankommen zu lassen. Um halb acht musste mein Bett gemacht und mein Zimmer aufgeräumt sein.«

»Sie sind weggegangen«, sagte Mad ganz leise und schüchtern, aber als ob dies alles erklärte.

»Mit einundzwanzig Jahren.«

»Und vorher?«

»Habe ich gewartet.«

»Sie haben es vorher nie getan?«

»Nein.«

»Niemals?«

»Niemals.«

»Warum?«

»Ich weiß es nicht, Mad.«

»Hatten Sie keine Gelegenheit?«

»Es gibt immer Gelegenheiten.«

»Wegen Ihres Glaubens?«

»Mit sechzehn Jahren hatte ich keinen Glauben mehr.«

»Wegen …«

»Ja. Das Wort, das du gerade benutzt hast. Wegen der Sauberkeit. Wegen der Vorstellung, die ich von Sauberkeit hatte. Vielleicht auch weil ich wusste, dass mein Vater es mit allen Dienstmädchen trieb. Ich hatte ihn eines Tages überrascht, als ich unverhofft in den Weinkeller kam.«

»Mein Vater war nicht so. Ich glaube nicht. Das muss schrecklich gewesen sein.«

»Ja. Ich war erst dreizehn Jahre alt und ziemlich erschüttert.«

Lächelnd fügte sie hinzu:

»Ich erinnere mich, dass ich mir geschworen habe, mir so etwas von einem Mann niemals gefallen zu lassen. Später habe ich begriffen, dass es unter bestimmten Voraussetzungen sehr schön sein kann …«

»Unter der Voraussetzung, dass man liebt«, beendete Mad den Satz mit Bitterkeit. »Ich habe nie geliebt. Ich weiß nicht mal, ob ich überhaupt jemals jemanden lieben wollte. Jedenfalls wäre ich dazu auch gar nicht mehr fähig. Die Männer ekeln mich an, und manchmal, wenn ich mit ihnen zusammen bin, habe ich das Gefühl, ich räche mich an ihnen. Das stimmt aber nicht. Ich räche mich überhaupt nicht. Ich suche nach einer Entschuldigung. Ich hätte nicht damit anfangen dürfen, verstehen Sie? Und ich habe damit angefangen, um es wie die anderen zu machen.

Oder vielmehr, nein. Das stimmt nicht ganz. Ich wollte besser als die anderen sein. Ich habe immer den Ehrgeiz gehabt, besser zu sein. In der Schule war ich bis zum vorletzten Jahr immer Klassenbeste. Im Jahr darauf wurde ich zufällig Zweite, und danach habe ich mich nicht mehr angestrengt. Ich legte es darauf an, zu den Letzten zu gehören.«

»Ich weiß. Ich war auch immer die Beste.«

»Bis zum Schluss?«

»Aus Stolz, wahrscheinlich. Oder aus Hochmut.«

»War es auch aus Stolz, dass Sie bis einundzwanzig gewartet haben?«

»Wahrscheinlich.«

»Aus genau demselben Gefühl habe ich mit fünfzehn angefangen. Es ist komisch, so mit einer Tante zu reden. Ich hätte das nie für möglich gehalten. Als wir gestern Abend am Ende der großen Straße standen, hatte ich es begriffen, und als wir wieder zu Hause waren, wäre ich Ihnen beinahe um den Hals gefallen, aber ich glaube, das wäre Ihnen nicht recht gewesen.«

»Du hast dich nicht getäuscht.«

»Warum?«

»Du warst noch viel zu aufgeregt. Du musstest dich erst beruhigen. Und jetzt wäre es übrigens klüger, du gingest frühstücken und kämst dann wieder. Du hast doch noch keinen Kaffee getrunken, oder?«

»Ich brauche keinen.«

»Du kannst sofort wieder hinaufkommen.«

»Das wäre nicht dasselbe.«

»Also, dann geh jetzt bis zum Treppenabsatz, und ruf zu Désirée hinunter, sie möchte mir einen großen Milchkaffee und ein Butterbrot raufbringen. Es sei denn, du möchtest lieber Croissants? Es sind welche da.«

»Glauben Sie, ich kann das tun?«

»Ja.«

»Und ich soll sagen, dass es für Sie ist?«

»Ja.«

»Ich trau mich nicht, sie durchs ganze Haus zu rufen.«

»Wenn es für mich ist, nimmt sie das nicht übel. Sie weiß, dass ich krank bin.«

Während sie auf Désirée warteten, sprachen sie fast nicht mehr miteinander, und in ihrem Schweigen lag ein fast vergnügtes Einvernehmen.

»Ich denke, ich kann die Jalousien jetzt wieder hochziehen. Ihre Augen tun Ihnen doch jetzt nicht mehr weh? Oder täusche ich mich?«

»Nein.«

»Glauben Sie, dass Désirée Bescheid weiß?«

»Auf gar keinen Fall.«

»Es ist mir übrigens auch egal. Es gibt genug andere,

die es wissen. Ich habe manchmal fast damit angegeben. Ich habe absichtlich damit geprahlt.«

Sie verstummten, denn Désirée kam mit dem Tablett und stellte es aufs Bett.

»Hast du jetzt Hunger?«, fragte sie verwundert und warf einen argwöhnischen Blick auf das junge Mädchen.

»Was gibt es unten?«

»Nichts. Bob schläft. Henri ist immer noch im Büro, und Madame«, sie hatte wegen des jungen Mädchens »Madame« gesagt, »empfängt gerade den Notar.«

»Hast du ihn angerufen?«

»Nein. Er ist eben gekommen, aber er wollte nicht mit dir sprechen. Er hat dich gar nicht erwähnt. Er ließ sich bei Madame Martineau melden.«

»Danke, Désirée.«

»Willst du trotzdem heute Mittag Gemüse essen? Es ist schon nach elf.«

»Das macht nichts.«

»Hast du deine Medizin genommen?«

Endlich ging sie, und Mad wartete nur auf einen Blick ihrer Tante, um sich auf das Tablett zu stürzen.

»Gib zu, dass du großen Hunger hast.«

»Ich gebe es zu.«

»Wolltest du wegen deiner Mutter nicht nach unten gehen?«

»Zum Teil. Ich wollte Sie bitten, mir zu sagen, was ich machen soll. Meine Mutter um Verzeihung bitten?«

»Meiner Meinung nach solltest du nichts sagen und so tun, als wäre nichts passiert.«

»Sind Sie mir böse? War es sehr gemein?«

»Du weißt selbst gut genug, was du davon zu halten hast, Mad, und das genügt.«

»Ich denke über so vieles nach und finde mich nicht mehr zurecht! Ehrlich gesagt, nicht einmal in dem, was ich Ihnen heute Morgen gesagt habe. Ich frage mich auf einmal, ob das wirklich aufrichtig war, ob ich nicht Theater gespielt habe. Eines Tages werde ich Ihnen vielleicht mal mein Tagebuch zeigen.«

»Du führst Tagebuch?«

»Ich habe schon lange nichts mehr hineingeschrieben. Was dort drinsteht, ist von *früher*. Aber manchmal, wenn ich zu angeekelt war, habe ich es wieder hervorgeholt und alles hineingeschrieben, was ich über mich dachte. Es ist nicht sehr schön! Ich habe Ihnen gesagt …

Ich weiß nicht mehr, was ich Ihnen gesagt habe. Ich wusste, dass Sie mir zuhören und mir glauben würden. Ich wusste, dass Sie sich für mich interessieren. Das habe ich vom ersten Augenblick an gemerkt. Zuerst wollte ich Sie nur neugierig machen, und eigentlich bin ich nur hiergeblieben, um mit Ihnen so zu reden, wie ich es gerade tue. Ich wollte Ihnen zeigen, dass ich es wert bin, dass man sich mit mir beschäftigt. Mir liegt alles daran, Sie nicht zu enttäuschen. Ich sage die Wahrheit, Tante.

Ich bin schmutzig und verdorben.

Als Sie mir das von Ihrem Vater und dem Dienstmädchen im Weinkeller erzählt haben, da habe ich den Kopf gesenkt, damit Sie nicht sehen, dass ich rot werde, denn ich habe genau das Gegenteil getan. Ich bin nachts aufgestanden und habe durchs Schlüsselloch geguckt, in der Hoffnung, etwas zu sehen.«

»Und, hast du etwas gesehen?«

»Nein. Sie hatten das Licht ausgemacht. Aber ich habe gehorcht und mir so einiges vorgestellt. Wenn ich in meinem Bett lag, habe ich mich in einer ganz bestimmten Art auf den Bauch gelegt – und das schon mit dreizehn.«

»Ich weiß.«

»Sie auch?«

Die Tante senkte bloß den Kopf.

»Haben die Mädchen in Ihrer Klasse damals auch schon solche schweinischen Geschichten erzählt?«

»Einige, ja.«

»Und Zeichnungen gemacht?«

»Sicherlich.«

»Mit vierzehn Jahren kannte ich alle Ausdrücke, die man eigentlich nicht in den Mund nehmen darf, und ich wusste, was sie bedeuten, aber zu Hause hielten sie mich für unschuldig. Es brachte mich so in Wut, wenn meine Brüder sich in die Ecken verkrochen, zusammen flüsterten, in Lachen ausbrachen und mir nicht sagen wollten, worüber sie lachten. Julien ist kurz darauf zur Universität nach Poitiers gegangen. Ich habe ihn nicht mehr oft gesehen. Er hat mich wie eine dumme Göre behandelt. Er hat gar nicht gemerkt, dass ich inzwischen größer geworden war. Aber Henri ist kaum älter als ich, nur zwei Jahre, und ich habe es geschafft, ihn zum Sprechen zu bringen.«

»Und dich mitzunehmen.«

»Ja. So hat alles angefangen. Aber ich bin sicher, dass es ohne Henri genauso gekommen wäre, nur etwas später.«

Sie sah ihre Tante an und fügte ernsthaft hinzu:

»Ich glaube, ich bin ein lasterhafter Mensch. Da ist nichts zu machen.«

Und dann, lebhaft:

»Es ist nicht so sehr die Sache selbst, Sie wissen schon, was ich meine. Meistens hat es mir nicht einmal Spaß gemacht. Ich wusste immer schon vorher, dass ich mich danach ekeln würde.«

»Aber du hast es trotzdem immer wieder getan?«

»Ja. Und deshalb sage ich, dass ich lasterhaft bin. Ich habe es getan, um nicht zu Hause bleiben zu müssen, um mit einem Auto abgeholt zu werden. Ich habe es nur getan, um mich vor meinen Freundinnen in der großen Straße mit Männern zu zeigen, in einem offenen Wagen vor allem. Das ist mies, nicht wahr? Um mich auf die Terrasse eines Cafés zu setzen, wie die Frau, die Sie gestern gesehen haben. Ich habe es genauso gemacht, und deshalb habe ich mich so geschämt, als wir vorbeigingen. Wenn es andere tun, sieht es so dumm, so widerlich aus!

So dumm vor allem! Und alles nur, damit die Männer sich für einen interessieren, in Fahrt kommen, einen zum Baden mitnehmen, ins Casino, zum Tanzen, Cocktails spendieren und einen mit ihrem nach Schnaps riechenden Mund küssen. Dann fangen sie an zu keuchen, zittern auf ihren Hinterpfoten und werfen einen in einem miesen Hotel aufs Bett, wenn sie es nicht im Straßengraben oder auf dem Rücksitz ihres Autos tun.

Warum habe ich das alles mitgemacht, Tante?«

Jetzt hätte sie es bestimmt vorgezogen, wenn der Vorhang geschlossen gewesen wäre und sie nicht die sonnendurchflutete Stadt vor Augen gehabt hätte, die große Straße mit den Läden, das Anneau d'Or, auf dessen Terrasse die Touristen vor ihren Aperitifs saßen.

»Ich bin oft nach Hause gekommen und habe nicht gewagt, mich zu berühren, bevor ich meine Hände nicht mit Bimsstein abgeschrubbt hatte, und nachts hatte ich immer noch den Geschmack von fremdem Speichel in meinem Mund. Eine Zeit lang bin ich zur Beichte gegangen, manchmal gleich danach. Eines Tages hat mich der Priester gefragt, ob es mir etwa ein sinnliches Vergnügen bereite, ihm meine Sünden in allen Einzelheiten zu erzählen. Ich musste zugeben, dass er recht hatte. Ich glaube nicht, dass es sinnlich war, aber ich wollte mich interessant machen, und ich versuchte manchmal, durch das Gitter zu schauen, um zu sehen, ob ich ihn erregt hatte.

Finden Sie nicht, dass ich ein lasterhafter Mensch bin?

Die ganze Woche bleibe ich zu Hause, suche mir irgendwas, was mich interessiert; und vielleicht, wenn ich auf irgendeinem Gebiet begabt wäre, wenn ich zum Beispiel Talent für Musik oder fürs Malen hätte oder für irgendetwas, könnte mir nichts mehr passieren.

Aber ich bin eben nur mittelmäßig, sogar im Tennis

und im Schwimmen. Also hänge ich mich am Freitag ans Telefon. Es gibt einen, ich habe ihn zufällig in Royan kennengelernt, den brauchte ich nur anzurufen, der käme sofort aus Paris, wo er mit seiner Frau und seinen drei Kindern wohnt. Mit ihm war ich am Sonntag zusammen. – Was haben Sie gesagt?«

»Ich habe nichts gesagt.«

Vielleicht hatte sie ihre Lippen bewegt, vielleicht hatte sie auch bloß »Armes Ding!« vor sich hin gemurmelt.

»Geben Sie zu, dass es Sie anwidert und dass es viel schlimmer ist, als Sie erwartet hatten. Warten Sie! Ich will jetzt wirklich alles sagen. Ich habe mir zwar geschworen, niemals mit jemandem darüber zu sprechen, weil ich mich zu sehr schäme, und wenn ich nur daran denke, wird mir schon ganz schlecht. Es ist vorgekommen … Es ist so schwer, darüber zu sprechen! Sehen Sie mich nicht an … Es ist vorgekommen, dass ich es darauf anlegte, dass ein anderer Mann zugesehen hat … Verstehen Sie, was ich meine? Er hat uns zugesehen und wurde ganz erregt … Und ich wollte, dass er mich anbetet, dass er verrückt ist nach mir, dass er denkt, nur ich allein sei in der Lage, es ihm …«

Sie weinte jetzt wieder, aber anders als beim ersten Mal, ohne Schluchzen, ohne das Gesicht zu verbergen, und es störte sie nicht, dass ein krampfhaftes Lachen ihre Miene verzerrte.

Die Tränen, denen sie beim Reden freien Lauf ließ, liefen an ihren Mundwinkeln vorbei und blieben zitternd einen Augenblick am Kinn hängen, als sie fortfuhr.

»Wie kann ich denn nach alledem noch hoffen«, fragte sie mit einer Stimme, die sich überschlug wie bei ihrer Mutter bei einem ihrer Anfälle, »jemals wieder sauber zu sein, einen Mann zu haben, der in mir eine richtige Frau sieht und von dem ich Kinder bekomme? Dabei weiß ich gar nicht, ob ich welche haben kann!

Es ist noch gar nicht lange her, da musste ich einen Arzt aufsuchen, nicht Doktor Bernard, einen Arzt in einer anderen Stadt, aber der hat sich geweigert, mir zu helfen. Da bin ich abends in ein ekliges Haus geschlichen, wo eine alte Frau etwas gemacht hat, Sie wissen schon, was – ohne dass es einer erfuhr! Und in der Nacht durfte keiner im Haus etwas hören! Ich hätte sterben können, ganz allein in meinem Zimmer, mit einem Kopfkissen auf meinem Gesicht, weil ich Angst hatte zu schreien. Und das viele Geld, das ich auftreiben musste, um die Alte zu bezahlen …

Von da an war alles anders. Monatelang hatte ich Schmerzen und wollte nicht mehr so wie früher weitermachen. Verstehen Sie das? Sie verstehen doch alles.

Die Männer merken nichts davon, die sind so eingebildet, so selbstzufrieden! Wenn sie wüssten, was ich von ihnen denke und wie ich sie verabscheue! Vor allem, wenn ich sie ganz nahe vor mir sehe, Auge in Auge, mit diesem bestimmten Ausdruck im Gesicht!

Ich bin unglücklich, Tante, das ist wirklich wahr. Sie müssen mir glauben. Ich flehe Sie an, mir zu glauben. Selbst wenn ich Sie manchmal belogen oder die Wahrheit verdreht habe. Es ist auch wahr, dass ich wer weiß was dafür gäbe, sauber zu sein, wieder sauber zu werden und es zu bleiben. Ich bin siebzehn Jahre alt, Tante. Letzten Monat hatte ich Geburtstag. Ich bin ein Scheusal. Ich bin …«

»Du bist eine Frau, meine Kleine.«

Mad fuhr zusammen, erstarrte und blickte ihre Tante ungläubig und mit gerunzelter Stirn an. Sie dachte einen Moment nach, bemüht, es zu verstehen, und fragte dann fast trotzig nach:

»Was wollen Sie damit sagen?«

»Nichts anderes, als was ich gesagt habe. Dein Bruder ist ein Mann. Dein Vater und dein Großvater waren Männer und nichts anderes als Männer. Deine Mutter ist eine Frau. Du bist eine Frau und Alice ebenso.«

»Alice kann alles tun, wonach ihr der Sinn steht, ohne sich schämen zu müssen.«

»Woher weißt du das?«

»Sie hat sich gleich beim ersten Mal einen geangelt, den sie dann geheiratet hat.«

»Er ist tot.«

»Ja, aber sie ist eine verheiratete Frau und in einer gesicherten Position.«

»Woher willst du das wissen?«

»Sie fragen mich das immerzu. Ich weiß, dass die meisten Menschen sich im Leben nicht oft den Kopf zerbrechen und dabei zufrieden sind, manche sogar vollkommen glücklich.«

»Und ich frage dich noch einmal: Woher weißt du das?«

Mad wurde ungeduldig und erwiderte empört:

»Wollen Sie etwa behaupten, dass auch Sie sich vor sich selber schämen?«

»Ja, ich auch.«

»Warum?«

»Aus vielerlei Gründen, wegen meines ganzen Lebens. Aber es würde viel zu lange dauern, dir das alles zu erzählen. Wenn du noch Lust hast, werde ich eines Tages darüber sprechen, heute sollst du nur das Ende erfahren, das, was eben erst geschehen ist, gestern sozusagen.

Am Sonntagmorgen klopfte eine dicke alte Frau mit einem Mondgesicht an die Tür dieses Hauses, und weil es Tante Jeanne war, hat niemand sie gefragt, was sie denn hier suche.«

»Das stimmt.«

»Also, Tante Jeanne kam beschämt hier an und wollte um eine letzte Zuflucht bitten, denn sie war so tief gefallen, sie war so erschöpft und so angewidert von sich selbst, dass sie nur um einen Winkel betteln wollte, um dort auf ihr Ende zu warten.

Es war ihre letzte Chance, und sie kam völlig übermüdet von weit her und wagte kaum, auf ein Ende ihrer Reise zu hoffen.

In Poitiers, zwischen zwei Zügen, hat deine Tante Jeanne, um sich Mut zu machen, oder vielmehr mit der Entschuldigung, sich Mut machen zu müssen, an der Theke verstohlen zwei Glas Cognac getrunken und immer wieder um sich geblickt, um sich zu vergewissern, dass es auch ja keiner sah.«

»Wie Maman.«

»Und am Abend, drüben im Anneau d'Or, musste sie unbedingt noch einen trinken und dann noch einen, und weil sie so besoffen war, konnte sie am Sonntag nicht schon morgens zu euch kommen.«

Das vulgäre Wort ließ das junge Mädchen zusammenfahren.

»In Paris, wo sie sich nur eine Nacht aufgehalten hat, ist Tante Jeanne in eine verrufene Bar gegangen und hat an der Theke mit wildfremden Männern aus schmierigen Gläsern getrunken. Und davor, in Istanbul …«

»Tante!«

»Du musst dir das anhören, um deinetwillen, Mad. In Istanbul hatte Tante Jeanne den niedrigsten aller Berufe, den sogar die Männer verachten und für den sie einen ganz schlimmen Namen gefunden haben, einen Beruf, für den man in den meisten Ländern der Welt ins Gefängnis kommt.«

»Sie …«

Madeleine stockte, betrachtete ungläubig Jeannes dickes Gesicht, ihren unförmigen Körper unter der Decke.

»Nein. Nicht das, was du denkst. Ich empfing die Gäste, fragte sie mit vielversprechendem Lächeln und unmissverständlichen Worten nach ihren Wünschen, klatschte in die Hände und rief wie eine Lehrerin eine Reihe kaum bekleideter Mädchen in den Salon, die sich befummeln lassen mussten wie auf einem Viehmarkt.«

Madeleine hielt den Kopf gesenkt und wusste nichts mehr zu sagen. Auch ihre Tante schwieg eine Weile, in den Anblick einer blaugrauen Taube versunken, die sich auf der äußeren Fensterbrüstung niedergelassen hatte.

»Hast du jetzt verstanden?«

Sie nickte.

»Was hast du verstanden?«

»Ich weiß nicht. Alles.«

»Kannst du mich noch ansehen?«

Mad hob den Kopf, aber sie hatte gezögert. Ihr Blick war ernst, unsicher.

»Siehst du! Jetzt kannst du schon nicht mehr wie noch heute Morgen deine Tränen auf meine Hand vergießen. Aber ich denke, es ist besser so.«

»Es ist gut so«, sagte Mad und schluckte mühsam.

Man merkte ihr an, dass sie jetzt gern dieses Zimmer verlassen hätte, in dem sie beide schon zu lange zusammen gewesen waren und sich ihre intimsten Geheimnisse offenbart hatten.

»Du kannst hinuntergehen. Ich hoffe, der Notar ist noch im Haus. Sag deiner Mutter, dass ich sie gern sprechen möchte und dass sie mit ihm zusammen heraufkommen kann.«

»Ja, Tante.«

»Wasch dir deine Augen aus, bevor du gehst, und leg noch einmal ein bisschen Puder auf. Sei so nett und gib mir mein Kölnischwasser.«

Mad nahm es von der kleinen Kommode, die schon vierzig Jahre zuvor dort gestanden hatte, als Jeanne so alt war wie ihre Nichte jetzt. Dies wollte sie ihr doch noch sagen.

»Das war meine Kommode, als ich ein junges Mädchen war. Das war nämlich mein Zimmer. Geh jetzt, schnell!«

»Danke.«

Es fiel ihr schwer zu gehen. Es war fast genauso schwierig wie das Kommen zuvor. Sie blieb mit herabhängenden Armen mitten im Zimmer stehen, ging dann mit steifen Schritten zur Tür, drehte sich entschlossen wieder um, kam zum Bett zurück, beugte sich herab und drückte die Lippen auf die dicke Hand, die jetzt nach Kölnischwasser roch.

Jeanne hätte wegen des Parfüms beinahe zu ihr gesagt:

»Siehst du, auch ich versuche, mich wieder sauber zu machen!«

Doch das hätte unecht geklungen. Es war besser zu schweigen. Dann waren Mads Schritte zu hören, langsame Schritte zuerst, aber mitten auf der Treppe sprang sie mit einem Mal die Stufen hinunter wie jedes andere Mädchen in ihrem Alter.

Jeanne hörte ihre Nichte, noch ehe diese den kleinen Salon erreicht hatte, ihrer Mutter zurufen:

»Maman! Tante Jeanne möchte, dass du …«

Der Rest verlor sich, weil die Tür geschlossen wurde.

Zurück in ihrem Bett blieb die dicke Jeannie mit dem angeschwollenen linken Auge. Sie sah aus, als hätte sie jemand ins Gesicht geschlagen, wie eine Säuferin, nach der sich die Kinder auf der Straße nicht umdrehen durften.

Die Zunge klebte ihr am Gaumen. Ihre Hand legte sich wie schon auf der Fahrt hierher unwillkürlich auf das weiche heiße Fleisch ihrer Brust in der Gegend ihres Herzens, und Jeanne dachte an den kleinen Schrank im Zwischengeschoss, wo Louise ihre Flaschen versteckte. Sie fragte sich, ob Désirée sich dazu bereitfinden würde …

Dann schlüpfte sie unter die Decke, vergaß den Notar, vergaß alles, schloss erschöpft die Augen, und ihre Lippen formten mehr, als dass sie es aussprachen, das Wort »sauber«.

8

Er stieg mit festem Schritt langsam drei oder vier Stufen hoch, dann blieb er stehen, nicht mit ängstlichem oder verzerrtem Gesicht wie jemand, der herzkrank oder außer Atem ist, sondern wie einer, der in jeder Lebenslage mit seinen Kräften haushaltet. Er hielt eine Weile inne und blickte auf die Wand oder auf die Stufen vor sich.

Louise, die ihm folgte, war jedes Mal überrascht und wusste nicht, wie sie sich verhalten sollte. Sie stand, ganz klein, ein paar Stufen unter ihm und versuchte aus Höflichkeit, ihm mit einer kleinen Bemerkung darüber hinwegzuhelfen.

»Die Stufen sind steil«, hatte sie beim ersten Anhalten entschuldigend gemurmelt.

Er hatte sich nicht umgedreht, hatte nicht geantwortet, und sein Rücken schien seine Verachtung für diese banale und überflüssige Bemerkung auszudrücken.

Beim zweiten Mal hatte sie, weil es ihr unangenehm war, gesagt:

»Wenn ich gewusst hätte, dass meine Schwägerin krank wird, hätte ich sie in der ersten Etage untergebracht. Sie hat sich ihr Zimmer selbst ausgesucht.«

Auch darauf erfolgte keine Reaktion. Auf diese Weise brauchten sie eine halbe Ewigkeit für die Treppe. Wie alt mochte Maître Bigeois sein? Jeanne hatte zunächst seinen Sohn erwartet, denn er selbst war für sie schon in ihrer Kinderzeit ein alter Mann gewesen. Er musste an die neunzig sein, wenn nicht sogar darüber. Er hielt sich noch sehr aufrecht, und sein Gesicht hatte die rosige Farbe eines Säuglings, die unter dem weißen Bürstenhaar beinahe unecht wirkte.

»Darf der Notar reinkommen, Jeanne?«

»Aber, bitte.«

Er betrat das Zimmer mit dem gleichen unpersönlichen Blick und in derselben Haltung, wie er ein zum Verkauf stehendes Haus betreten hätte, und betrachtete Jeanne dann aus rein beruflichem Interesse sehr eingehend. Es war offensichtlich, dass er es bewusst an Höflichkeit fehlen ließ und die üblichen Umgangsformen auf ein Minimum beschränkte. Anstatt ihr guten Tag zu sagen und sich mit förmlichen Redensarten nach ihrer Gesundheit zu erkundigen, sagte er nur ein Wort, in dem womöglich gar eine Spur greisenhafter Schadenfreude mitschwang, dass jemand, der jünger war als er, krank darniederlag.

»Wassersucht?«

Sie erinnerte sich, dass sie ihn schon damals, als sie noch ein kleines Mädchen war, unheimlich fand, und fast fühlte sie sich jetzt wieder wie ein kleines Mädchen, als sie ihm antwortete:

»Es ist nicht schlimm. Ein bisschen Ruhe, und ich bin wieder auf den Beinen.«

»Das sagt man immer.«

»Ich kenne mich da aus.«

Sie merkte, dass Louise besorgt war, nicht mehr in der deprimierten oder hysterischen Weise der letzten Tage, sondern wie jemand, der sich plötzlich ernsten Problemen gegenübersieht.

»Monsieur Bigeois wollte nicht heraufkommen, aber ich habe darauf bestanden, damit er dir das wiederholt, was er mir gerade gesagt hat.«

»Nehmen Sie Platz, Monsieur Bigeois.«

Er wollte sich zuerst nicht auf den niedrigen Stuhl am Fußende des Bettes, den sie ihm angeboten hatte, setzen. Er trug ihn woandershin und nahm sich schlussendlich einen Stuhl aus der Zimmerecke, untersuchte ihn aber, bevor er sich setzte, auf seine Festigkeit oder Brauchbarkeit hin.

Dann ging er sofort zum Angriff über.

»Sie haben meine Anzeige gelesen, nicht wahr?«

Und ohne eine Antwort abzuwarten, fuhr er fort:

»Aus Gründen, die nur Sie angehen und die ich nicht kenne, haben Sie es vorgezogen, für tot gehalten zu werden. Sie haben auf die Erbschaft verzichtet, weil Sie annahmen, Sie kämen niemals zurück. Aber nun sind Sie zurückgekommen.«

»Nicht wegen der Erbschaft«, beeilte sie sich zu versichern. »Wenn ich Sie gebeten habe, hier heraufzukommen …«

Sie wollte ihm und Louise erklären, dass es eben gerade ihre Absicht war, endgültig und falls nötig in aller

Form auf das Erbe zu verzichten, aber er schnitt ihr das Wort ab.

»So wie die Dinge liegen, ist es unwichtig, ob Sie die Absicht haben oder nicht.«

Wahrscheinlich wusste über die in der Region lebenden Familien und ihre Geheimnisse niemand so gut Bescheid wie er. Er hatte nicht nur die Eltern und Großeltern der Martineaus gekannt, ihm waren die Geschichten der kleinsten Häuser in der Stadt vertraut.

Wofür rächte er sich, wenn er mit dieser eisigen Stimme sprach, aus der man seine Freude an Katastrophen, auf jeden Fall eine Art Häme, heraushören konnte?

Vielleicht, weil Jeanne unförmig und mit geschwollenem Auge im Bett lag und dadurch bemitleidenswert wurde. Louise versuchte, der Sache die Schärfe zu nehmen.

»Maître Bigeois hat mir schlechte Nachrichten gebracht.«

»Ich weiß. Ich hatte eine längere Unterredung mit Monsieur Sallenave.«

Der Notar zuckte verächtlich mit den Schultern.

»Der kleine Sallenave weiß überhaupt nichts.«

Sie wurde stutzig und fragte:

»Sprechen Sie vom Anteil der Fisolles?«

»Die Fisolles sind ganz unwichtig. Monsieur Fisolle hat mich heute Morgen im Büro angerufen und von mir verlangt, ich solle den Nachlass eröffnen. Ich habe ihm geantwortet, dass er längst eröffnet ist.«

»Es ist viel schlimmer, als du es dir vorstellen kannst, Jeanne.«

Louise war ruhiger und beherrschter als die Tage zuvor. Sie wirkte niedergeschlagen, aber sie ließ sich nicht gehen.

»Wir werden gezwungen sein zu verkaufen.«

»Das Haus zu verkaufen?«

»Ja, Madame«, mischte sich der Alte ein. »Das Haus mit allem, was darin ist, die Weinkeller und das Anlagekapital. Und das Loch, das zu stopfen bleibt, ist immer noch groß genug, dass Robert Martineau, wenn er noch am Leben wäre, sich ernsthaften Schwierigkeiten gegenübergesehen hätte. Ich urteile in keiner Weise über ihn, das steht mir nicht zu. Ich erwarte schon seit langer Zeit nichts mehr von den Menschen. Da mir bekannt war, wie es stand, habe ich am Samstag, als er mich verließ, die Lösung, für die er sich entschied, vorausgesehen.«

»Glauben Sie denn, das war das Einfachste?«

Er hüllte sich in hochmütiges Schweigen, und der Blick, mit dem er die dicke Frau im Bett vor ihm bedachte, sprach gleichfalls Bände. Er hustete geräuschvoll, zog umständlich sein Taschentuch hervor und bemerkte dann, als hätten seine Worte einen Sinn, der nur ihm verständlich war:

»Ich habe seinen Großvater gekannt, ich habe seinen Vater gekannt, ich habe seine Brüder gekannt, und ich habe ihn gekannt. Ich kenne seine Kinder.«

»Warum hat er Sie aufgesucht?«

»Warum kommt jemand an einem Samstag nach Büroschluss wohl zu mir?«

Jeanne wusste nicht, ob er unten bei Louise menschlicher oder ausführlicher gewesen war. Die Unterredung hatte jedenfalls sehr lange gedauert. Er musste diese Wiederholung, zu der er gezwungen wurde, für überflüssig halten, und er ließ es sie spüren.

»Ich weiß, dass mein Bruder Geld brauchte. Am Montagmorgen war kein Centime in der Kasse.«

»Aber Monsieur Sallenave hat mir doch am Montag Geld gegeben!«, rief Louise. Plötzlich begriff sie und sah ihre Schwägerin verlegen an.

»Im Allgemeinen«, sagte der Notar, »sind Geldschwierigkeiten Schwierigkeiten, die zur Not behoben werden können. Aber ist erst einmal eine gewisse Höhe erreicht, eine gewisse Summe überschritten, das Verhältnis zwischen dem, was fehlt, und dem, was man sich beschaffen könnte, zu groß, dann weiß ich nicht mehr, wie man das nennen sollte. Nennen Sie es, wie Sie wollen. Der Buchhalter zerbricht sich den Kopf wegen kleiner Rechnungen und ist erschreckt wie ein Kind. Im Übrigen ist er wirklich noch ein Kind. Ich erinnere mich an seinen Großvater, der von Haus zu Haus ging und Gemüse verkaufte. Sie sind in einem schlechten Augenblick zurückgekommen, Mademoiselle Martineau. Es wäre zweifellos besser für Sie gewesen, Sie wären geblieben, wo Sie waren.«

Er hatte sie bewusst Mademoiselle Martineau und nicht Madame Lauer genannt. Er wusste wohl, dass sie nie verheiratet war. Sie erinnerte sich, dass er der Notar und ein Freund einer Tante François Lauers gewesen war.

»Ich habe bis nach der Beerdigung gewartet, um meiner Pflicht nachzukommen. Ich verstehe nicht, weshalb Madame Martineau darauf bestand, dass ich hier heraufsteige und Ihnen wiederhole, was ich ihr bereits gesagt habe.«

»Was hat Robert Ihnen am Samstag gesagt?«

»Das, was die Leute in solchen Fällen immer sagen. Er war ein gebrochener Mann, andere hätten es nicht so lange durchgestanden wie er. Er sah keinen Ausweg, und den gab es logischerweise auch nicht, aber er bestand darauf, einen zu finden, und schien zu glauben, dass ich, weil ich sein Notar und vor allem weil ich auch schon der seines Vaters war, Wunder vollbringen könnte.«

»Wie viel hätte er gebraucht?«

»Mehrere Millionen. Angenommen, man brächte den Besitz mit sehr viel Glück zum Höchstpreis unter den Hammer, hätte man ungefähr die Hälfte der Summe. Deshalb habe ich Monsieur Fisolle heute früh wissen lassen, dass meiner Meinung nach die Erbschaft geregelt ist. Den Erben bleibt gar nichts anderes übrig, als sie auszuschlagen. Anderenfalls sehen sie sich einer erdrückenden Schuldenlast gegenüber, und ihr ganzes Leben würde nicht ausreichen, sie abzubezahlen.«

»Wie hat er das fertiggebracht?«

»Diese Frage habe ich erwartet. Ihre Schwägerin hat sie mir auch gestellt. Man stellt sie mir jedes Mal. Die Leute wohnen im selben Haus, schlafen im selben Bett oder nur durch dünne Wände getrennt, sehen sich dreimal am Tag zu den Mahlzeiten und fallen eines schönen

Tages aus allen Wolken, weil sie nichts voneinander gewusst haben.«

»Sie vergessen, dass ich die Stadt vor siebenunddreißig Jahren verlassen habe.«

»Ich erinnere mich sehr wohl daran. Ich habe Ihrem Vater damals geraten, nichts zu unternehmen, um Sie wiederzufinden. Es entsprach übrigens auch seinem Charakter. Ich war außerdem überzeugt, dass die Anzeige, die ich später aufgrund der Vorschriften veröffentlichen ließ, keinen Erfolg haben würde.«

»Wussten Sie, wo ich war?«

Er antwortete nicht, sah sie nur an. Man hatte den Eindruck, dass sein Blick, wenn er jemanden auf diese Weise ansah, aus einer anderen Welt kam, einer erstarrten, eisigen, schwarz-weißen Welt ohne Zwischentöne.

Er wartete ergeben auf die unvermeidlichen Fragen, holte eine protzige Präzisionsuhr aus seiner Tasche und zog sie auf.

»Sie wollten mich nicht unter vier Augen sprechen?«

Er schien überrascht.

»Weshalb? Was ich zu sagen hatte, habe ich seiner Frau gesagt.«

»Vielleicht wollten Sie ihr ja gewisse Dinge ersparen.«

Diese Annahme war, wie er unmissverständlich zu verstehen gab, in seinen Augen so absurd, dass sie gedemütigt errötete.

»Ich bitte um Entschuldigung. Ich bedaure, dass ich Ihnen die Last und die Mühe zugemutet habe, die zwei

Stockwerke heraufzusteigen. Wir sind hier in einem Familiendrama, und ich gebe mir die größte Mühe …«

»Es gibt keine Familiendramen.«

»Na dann!«, sagte sie kühl.

»Es gibt Leute, die kommen vorwärts, und Leute, die versagen. Einige steigen auf, und andere steigen ab. Das junge Paar gegenüber, das vor kurzem das Anneau d'Or gekauft hat, steigt auf. Der Junge war Kellner in einem Café, und seine Frau ist das Kind armer Italiener. In zehn Jahren werden sie drei oder vier Häuser in der Stadt oder Bauernhäuser auf dem Land gekauft haben, und wenn es nicht noch etwas zu früh wäre, würden sie dieses Gebäude hier erwerben und es wahrscheinlich ihrem Hotel anschließen.«

Das Thema schien ihm zu gefallen, er redete auf einmal ganz von allein.

»Auch Ihr Großvater war ein Mann, der aufstieg.«

Im Fotoalbum gab es zwei Bilder von ihm. Auf dem einen trug er seine Jagdweste mit Bronzeknöpfen, lederne Wickelgamaschen, hatte ein Gewehr in der Hand, und zu seinen Füßen lag ein Hund. Sein Gesicht zierte ein Schnurrbart mit gezwirbelten Spitzen. Er sah eher aus wie ein Wilddieb, der gegebenenfalls auch einen Gendarmen abknallen würde.

Ihm gehörte das Anneau d'Or, als die Brücke noch aus Holz, die Uferböschung noch nicht befestigt war und das Gasthaus noch ausschließlich Fuhrleute beherbergte. Er konnte weder lesen noch schreiben. Weil es damals noch keine Schlachthöfe gab, wurden die Rinder und

Kälber in seinem Schuppen getötet und ihre Felle im Fluss ausgewaschen.

Diese Fotografie auf einer goldbraunen Metallschicht zeigte ihn als einen Mann um die vierzig, auf der zweiten war er ein Greis mit feinen Fältchen, einem weißen Backenbart und noch immer harten Zügen, der offensichtlich Wert darauf legte, Würde auszustrahlen.

Damals hatte er schon das Land gekauft, auf dem das jetzige Haus stand, und hatte die ersten Weinlager gebaut.

Sein Sohn, Jeannes Vater, hatte den Weinhandel fortgeführt, sich aber von dem Gasthaus getrennt, das unter einem anderen Besitzer das jetzige Hotel geworden war.

Louis war ein großer, starker Sanguiniker, der viel trank, aber nie betrunken war. Seine Frau war bei Roberts, des Jüngsten, Geburt gestorben, und der Witwer hatte sich ausgiebig mit den Dienstmädchen getröstet.

»Auch Ihr Vater ist aufgestiegen«, fuhr die unpersönliche Stimme des Notars fort. »Und vielleicht wären die Martineaus noch auf dem Weg nach oben, wenn Ihre beiden Brüder Maurice und Gaston nicht 1914 im Krieg gefallen wären.«

Er kannte die Geschichte der Familie in- und auswendig und zeigte das nicht ungern.

»Übrig blieb Robert, der getan hat, was er konnte. Er hat sich mehr schlecht als recht gehalten und geglaubt, in einem bestimmten Moment dank besonderer Umstände stark genug zu sein, auf seine Art vorwärtszukommen.

Ich könnte Ihnen fünfzig ähnliche Fälle aufzählen, alle im Umkreis von fünfundzwanzig Kilometern. Es gab noch eine letzte Chance. Ich will mich da nicht festlegen. Aber Julien hätte es vielleicht zu etwas gebracht. Er war ehrgeizig. Zumindest hätte er Anwalt in Poitiers werden können, auch in Paris, wenn nicht gar Richter.«

Er legte eine kleine weiße Tablette auf seine Zunge, faltete sein Taschentuch auseinander, schnaubte lautstark hinein und begutachtete das Tuch danach mit Interesse.

»Ihre Schwägerin hat mich um meine Meinung über die Zukunftsaussichten der Hinterbliebenen gebeten. Ich glaube nicht, dass es angebracht wäre, weiter in dieser Gegend wohnen zu bleiben, wenn das Haus erst einmal verkauft ist. Henri ist zweimal beim Abitur durchgefallen und kann es nicht noch einmal versuchen. Er hat keinen Beruf erlernt und auch keine speziellen Kenntnisse, aber er wäre wahrscheinlich empört, wenn man ihm vorschlagen würde, irgendwo als Knecht zu arbeiten. So wird er mit Sicherheit in einem Büro landen, entweder in Poitiers oder einer anderen größeren Stadt.

Ich nehme an, seine Mutter wird ihn begleiten. Madeleine wird als Verkäuferin in einem Laden, als Maniküre oder Ähnliches etwas Geld verdienen.

Was Sie angeht, so haben Sie sich bis jetzt durchgeschlagen und stehen bestimmt nicht mittellos da.

Bleibt die andere.«

Da erst ahnte Jeanne dunkel, dass es für die Härte des

Alten vielleicht noch einen besonderen triftigen Grund gab und dass er womöglich nicht nur aus Sadismus so grausam war.

»Welche andere?«

Sie sah Louise an, die offenbar bereits im Bilde war, da sie den Kopf abwandte.

»Die Mutter des anderen Kindes«, sagte er zufrieden über die Wirkung seiner Worte. »Ihr Bruder hatte seit einiger Zeit eine zweite eheähnliche Gemeinschaft in einer Vorstadt von Poitiers, in einem kleinen Haus, das er nicht gekauft, sondern nur gemietet hatte – zum Nachteil für die, die darin wohnt.«

»Wer ist das?«

»Sie kennen sie nicht. Sie ist nicht von hier. Nichts Besonderes, aus kleinen Verhältnissen, verkaufte Handschuhe in einem Lederwarengeschäft in der Stadt.«

»Ist sie noch jung?«

»Zweiundzwanzig Jahre.«

Jeanne wandte sich an ihre Schwägerin und fragte:

»Hat Robert sie oft besucht?«

»Jedes Mal wenn er vorgab, auf Geschäftsreise zu gehen.«

»Hast du das gewusst?«

»Ich fand eines Tages eine Rassel in seiner Manteltasche und nahm an, die sei für Bob und er habe vergessen, sie ihm zu geben. Aber etwas später entdeckte ich in einer Brieftasche das Rezept von einem Kinderarzt in Poitiers, der uns nicht bekannt war.«

»Hast du ihn darauf angesprochen?«

»Ja«, gestand Louise und gab ihr durch ein Zeichen zu verstehen, sie solle in Gegenwart des Notars nicht weiterfragen. »Das ist eine alte Geschichte.«

»Wie alt ist das Kind, Monsieur Bigeois?«

»Zwei Jahre, Mademoiselle. Es heißt Lucien. Seine Mutter heißt Lucienne. Aber Sie müssen nicht denken, dass Robert sich ihretwegen in Unkosten stürzte. Wenn ihm eins der beiden Häuser Sorgen machte, dann nicht die kleine bescheidene Dreizimmerwohnung, sondern dieses hier. Der Abstieg hatte übrigens schon begonnen, als er sich mit dem jungen Mädchen einließ. Wahrscheinlich sehnte sich Ihr Bruder, gerade weil er in Unsicherheit und Angst lebte, nach dem bisschen Frieden und Geborgenheit, die ihm die andere geben konnte.«

»Ich glaube, ich verstehe.«

Er machte eine Handbewegung, als habe es in seinen Augen keine Bedeutung, ob diese dicke mondgesichtige Heimkehrerin verstand oder nicht verstand, was in der Seele ihres Bruders vorgegangen war.

»Ihre Schwägerin hat mich eben gefragt, wie ihr Mann seine Familie in einer so prekären Situation alleinlassen konnte. Ich nehme an, Sie werden mir dieselbe Frage stellen?«

»Nein.«

»Ich hätte Sie dann meinerseits gefragt, wer denn jemals etwas getan hat, um ihm die Last auf den Schultern zu erleichtern und ihm seine Aufgabe einfacher zu machen.«

»Ich weiß.«

»Diese Person verlangt nichts.«

»Hat sie weitergearbeitet?«

»Ihr Bruder hatte es ihr nicht erlaubt, teils wegen des Kindes, teils weil er sie meist unvorhergesehen besuchte. Am Samstagabend hat er mit mir vor allem über sie gesprochen.«

Louise erhob keinen Einwand. Sie hatte das Kinn in die Hand gestützt und starrte auf das Fußende des Bettes.

»Ich konnte weder für sie noch für das Kind etwas tun. Seit Dienstag, dem Tag nach meinem Besuch bei ihr …«

»Sie haben sie aufgesucht?«

Jeanne fragte sich, ob sie gerade in ihm einen anderen Menschen entdeckte.

»Wer sonst hätte es denn übernommen, sie von dem Ereignis in Kenntnis zu setzen?«

»Hatte mein Bruder Sie darum gebeten?«

»Er hatte mich gebeten, falls ihm etwas zustoßen sollte, zu ihr zu gehen und es ihr zu erklären, damit sie ihn nicht in zu schlechter Erinnerung behielte. Gleich am Dienstagfrüh ist sie auf Arbeitssuche gegangen, und am Dienstagabend hat sie mich angerufen und mir gesagt, dass sie etwas gefunden habe.

Es führte zu weit und wäre zu umständlich, hier bis in die technischen Einzelheiten hinein zu wiederholen, was ich soeben seiner Frau auseinandergesetzt habe, und Ihnen zu erklären, wie Ihr Bruder sein Geld und viel mehr als sein Geld verloren hat. Statt Wein zu kaufen und an die Kunden weiterzuverkaufen, wie es sein Beruf gewesen wäre, verlegte er sich aufs Spekulieren, weil er dies für das einzige Mittel hielt, sein Ansehen wiederherzustellen, das er durch den Streit mit dem Finanzamt eingebüßt hatte.

Er hat in immer größerem Umfang Termingeschäfte gemacht – ich weiß nicht, ob Sie wissen, was das heißt –, am Schluss durch eine fast vollständige Belastung seines Besitzes. Das war eine Methode, Geschäfte zu machen, die der junge Sallenave in seiner Naivität nicht vermutete, weil diese Transaktionen durch Vermittlung eines Geldmaklers in Poitiers zustande kamen und nie durch die Bücher gingen.

Der Senat hat vergangenen Monat über ein neues Gesetz für den Wein abgestimmt, und innerhalb einer Stunde sind die Kurse in den Keller gefallen. Das bedeutete für Robert den totalen Zusammenbruch, der früher oder später ohnehin eingetreten wäre, den er aber unter anderen Voraussetzungen vielleicht noch Monate oder Jahre hätte hinauszögern können.

Die Pfändung wurde für morgen angesetzt, und dann hätte der Strafprozess eingeleitet werden müssen. Er wusste es seit Samstag. Sie sehen, es standen wenige Lösungen offen. Zwei, meiner Meinung nach. Drei, wenn Sie wollen. Aber die dritte hat er gar nicht ins Auge gefasst.«

»Welches wäre die dritte gewesen?«

»Sein Schicksal anzunehmen, den Tatsachen ins Auge zu sehen und – wahrscheinlich – ins Gefängnis zu gehen.«

»Und die beiden anderen?«

»Eine davon hat er gewählt.«

»Bleibt die, die er verworfen hat.«

»Ja. Bis mich der junge Bernard am Sonntagvormittag anrief …«

»Der Doktor hat Sie angerufen?«

»Ich hatte ihn in Kenntnis gesetzt.«

»Über das, was geschehen würde?«

»Über das, was geschehen könnte. Bernard wusste schon lange Bescheid. Er war der Arzt Ihres Bruders. Als das Kind geboren wurde, hat er es von ihm untersuchen lassen, um sicherzugehen, dass es keine Erbkrankheit hat. Ihr Bruder fürchtete auch, zu alt zu sein.«

»Doktor Bernard wusste es also!«, wiederholte Jeanne nachdenklich.

Dann war er am Sonntagmorgen womöglich absichtlich zu Hause geblieben und hatte abgewartet? Sie kam zurück auf die Frage, bei der sie stehen geblieben waren, bevor vom Doktor die Rede war.

»Und die letzte Lösung?«

»Ich hatte geglaubt, er würde vielleicht mit der Frau und dem Kind ins Ausland gehen und wieder von vorn anfangen. Diese Möglichkeit war ihm geblieben.«

Sie hatte auf einmal das Gefühl, alles zu verstehen. Und doch noch nicht ganz. In ihren Gedanken entstanden Bilder, die sie noch nicht einordnen und zu einem stimmigen Ganzen zusammenfügen konnte.

Auf der anderen Seite der Brücke, da wo jetzt das Anneau d'Or mit seinen rosafarbenen Ziegeln stand, hatte es einst eine Herberge für die Fuhrleute gegeben, mit einer Holzbaracke am Flussufer, in der zweimal in der Woche Vieh geschlachtet wurde.

Später hatte sich gegenüber vor dem blauen Hintergrund des Himmels das Haus erhoben, das sie kannte und das die Martineaus damals errichtet hatten und in dem, wie Louis meinte, alles so bleiben sollte, wie es war, und anscheinend war von da an auch nicht mehr das Geringste geändert worden. Für Robert war es schon in seiner Kindheit ein Gefängnis gewesen.

Sie selbst war geflohen, vielleicht zum Teil deshalb, und Robert war geblieben. Und noch jenseits der vierzig hatte er in diesen unveränderten Zimmern wie ein Kind vor seinem Vater gezittert. Louise war nur die Schwiegertochter, die man wohl oder übel in Kauf nahm, die man überwachte, die kleine Taillefer, die Tochter eines kauzigen Arztes, der sich für alles Mögliche interessierte, nur nicht für seine Kranken.

Dann plötzlich, nach dem Tod des Vaters, der Krieg und das Geld, das wie durch ein Wunder in die Kassen floss und die Möglichkeit bot, alles niederzureißen und neu aufzubauen, selbst etwas zu tun, endlich!

»Armer Robert«, sagte sie.

»Ja«, stimmte der Notar zu. »Er hatte nicht den Mut.«

Er ließ sich nicht weiter darüber aus, was er damit meinte, ob den Mut wegzugehen, sich zu wehren, alles, was an ihm hing, auf ihm lastete, abzuschütteln, all den angestauten Groll, all die Sorgen, die im Laufe der Jahre zusammengekommen und zuletzt eine so schwere Bürde waren, dass er nicht mehr die Kraft fand, sie zu tragen.

Maître Bigeois hatte bei seinen letzten Worten Louise angesehen, und Jeanne dachte an die Szene, die ihre Schwägerin am Sonntag gemacht hatte und die nur eine Wiederholung von allen vorangegangenen Szenen gewesen war, an den Anruf Henris aus dem kleinen Dorf in der Normandie, so wie es weitere gegeben haben musste, an Madeleine, wie sie in schmutzigen Shorts mit schlechtem Gewissen in den Korridor geschlichen kam, an Alice, die lauter geschrien hatte als ihr Kind und drauf und dran gewesen war, es gegen die Wand zu schmettern.

»Ich nehme an«, sagte sie, »meine Schwägerin kann nicht mit der geringsten Summe rechnen?«

»Überhaupt nicht. Sie hat nur das Recht, ihre persönlichen Sachen mitzunehmen sowie ein Bett pro Person, höchstens noch einen Tisch und ein paar Stühle.«

»Wann?«

»Morgen Vormittag wird die Zwangsvollstreckung verfügt, und übermorgen wird der Gerichtsvollzieher die Siegel anbringen. Ich werde hier sein. Henri wird durch den Tod seines Vaters automatisch volljährig. Bleibt Mad, die noch nicht achtzehn ist und für die ein Vormund bestimmt werden muss. Madame Martineau wird Ihnen noch weitergehende Einzelheiten mitteilen. Ich glaube, wir haben alle zu berücksichtigenden Punkte bedacht.«

Er erhob sich, verbeugte sich in Richtung des Bettes, und als er den Kopf hob, meinte Jeanne in seinen Augen ein Funkeln zu sehen, zweifellos ein Funkeln von Ironie.

»Ich werde Sie hinausbegleiten«, sagte Louise.

»Ganz wie Sie wünschen, doch kannte ich das Haus lange vor Ihnen.«

»Ich komme sofort zurück, Jeanne.«

»Danke.«

Désirée war noch vor ihr oben und brachte einen Teller mit grünen Bohnen.

»Was ist? Zieht ihr um?«

»Wer hat dir das gesagt?«

»Ich habe euer Gespräch zum Teil gehört. Mit meiner Bezahlung kann ich wohl nicht rechnen.«

»Ich bitte dich um Entschuldigung. Ich habe das nicht gewusst.«

»Es ist nicht so wichtig. Ich sage ja nicht, dass es deine Schuld ist. Ich muss mir nur jetzt eine neue Stelle suchen. Die Wirtsleute vom Anneau d'Or nehmen mich nicht wieder, weil die Saison zu Ende geht, und in den anderen Hotels wird es dasselbe sein. In Privathaushalten habe ich immer nur sehr ungern gearbeitet.«

Sie horchte an der Tür.

»Deine Schwägerin kommt. Ich gehe jetzt. Was wirst du in diesem Durcheinander anfangen? Hast du wenigstens ein bisschen Geld gespart? Psst! Ich komme nachher noch einmal …«

Sie konnte sich nicht verkneifen, ihr lachend, aber dennoch etwas gehässig entgegenzuhalten:

»Und du hast darauf bestanden, dass wir uns die halbe Nacht um die Ohren schlagen, um das Haus so sauber wie für eine Hochzeit zu machen! Und wer hat heute Morgen noch von mir verlangt, wie auf Eiern zu gehen?«

Auf der Treppe traf sie Louise, die auf dem Weg in Jeannes Zimmer war, wo sie sich auf den Stuhl setzte, auf dem vor ihr der Notar gesessen hatte, und ihrer Schwägerin schweigend beim Essen zusah. Sie hatte den Punkt überschritten, bis zu welchem man sich aufregt oder beunruhigt. Für sie gab es sozusagen keine offenen Fragen mehr.

Auf diese Weise war alles einfach geworden. Es blieben nur, schwarz auf weiß, die wenigen klaren Richtlinien, die der Notar Bigeois mit grimmiger Freude aufgezeigt hatte.

»Wissen deine Kinder Bescheid?«

»Noch nicht. Henri kam gerade aus dem Büro. Er war beunruhigt, hat mir etwas von einer Bestellung erzählt, die seiner Meinung nach nicht geliefert werden kann. Er hat mich gefragt, ob wir nicht essen, denn Monsieur Salenave erwartet ihn um zwei Uhr.«

»Mad?«

»Sie spielt mit dem Kleinen. Ich weiß nicht, wie du das angestellt hast, jedenfalls schien sie ganz vergnügt zu sein. Sie hat darauf bestanden, Bob die Flasche zu geben. Was hat der Arzt gesagt?«

»Dass ich nichts anderes tun kann, als im Bett zu bleiben! Dabei habe ich eigentlich gar kein Recht mehr auf ein Bett, da ich ja am Nachlass nicht beteiligt bin.«

»Du kriegst es noch fertig, Witze zu machen?«

»Entschuldige, das war nicht meine Absicht. Aber,

weißt du, ich habe mir schon so viele Sorgen gemacht!«

»Unseretwegen?«

»Euretwegen, meinetwegen, aus vielerlei Gründen. Ich weiß auch nicht, weshalb ich mir, gleich als ich kam, in den Kopf gesetzt hatte, hier eine Rolle zu spielen.«

»Du hast sie gespielt.«

Hatte Louise verstanden, mit welch unendlicher Mühe Jeanne seit Sonntag dafür gesorgt hatte, dass im Haus einigermaßen Ruhe herrschte? Und all ihre Anstrengungen, damit sich an diesem Morgen jeder wohlfühlen sollte?

»Ich begann, sie zu spielen, und ich habe mich dabei ernst genommen. Aus einem Grund, den ich mir nicht erklären kann, ging ich immer noch davon aus, dass es unser Haus ist. Ich dachte, solange die Wände stehen, solange alles in Ordnung ist und jedes Ding an seinem Platz, solange das Leben seinen alltäglichen Gang geht, wäre das Unglück aufzuhalten. Das ist dumm, und ich hätte damit wahrscheinlich gar nichts erreicht. Es war, als hätte ich vergessen, dass ich einmal wegen dieses Hauses weggegangen bin.«

»Und Robert? Glaubst du auch, dass er …«

»Was hat er zu dir gesagt?«

»Wann?«

»Als du mit ihm über das Rezept und das Kind gesprochen hast.«

»Zuerst hat er gelogen, behauptet, es sei nur ein Fehltritt gewesen, ein unwichtiges Abenteuer, das schiefgegangen ist, er sei nicht einmal sicher, ob er der Vater sei, aber er müsse seiner Pflicht nachkommen.«

»Hast du das geglaubt?«

»Ja. Etwas anderes hielt ich nicht für möglich. Erst nachdem ich von ihm verlangt hatte, nie wieder nach Poitiers zu gehen und das Geld für das Mädchen jeden Monat mit der Post zu schicken, und als er dann gemerkt hat, dass ich ihm hinterherspionierte, da ist er deutlich geworden.«

»Hat er dir gestanden, dass er sie liebt?«

»Ja! Und wenn er mir nur das gesagt hätte! Es war wie eine schreckliche Entladung nach vielen Jahren. Es war wie ein lange aufgestauter Schwall von Hass. Er hat mich angeschrien, er habe mich nie geliebt, er habe mich nur geheiratet, weil sein Vater eine Frau im Haus haben wollte, und hinzugesetzt, er habe mich nur aus Trotz genommen, weil ich genau die Art von Frau sei, die sein Vater nicht riechen konnte.«

»Hat er nicht von den Kindern gesprochen?«

»Doch, aber da habe ich schon nicht mehr zugehört, ich konnte nicht mehr, ich wäre verrückt geworden. Ich hatte das Gefühl, er habe mich von Anfang an gehasst und von Anfang an für alles verantwortlich gemacht, was hier im Haus schiefging.«

»Wann hat sich diese Szene abgespielt?«

»Die erste vor drei Monaten. Später hat es noch andere gegeben.«

»Und das Leben ging weiter wie zuvor?«

»Was hätte ich denn deiner Meinung nach tun sollen?«

»Natürlich!«, murmelte Jeanne und sah ihre Schwägerin aufmerksam an.

»Er musste mir versprechen, uns nie zu verlassen.«

»Das hat er versprochen?«

»Er hat es geschworen.«

»Warum?«

»Wegen der Kinder.«

»Und das andere?«

»Welches andere?«

»Das andere Kind.«

»Ich kann doch nichts dafür, dass dieses Mädchen ein Kind von ihm bekommen hat. Du siehst mich auf einmal an wie dein Bruder in der letzten Zeit. Der Notar eben war auch nicht gerade höflich. Es schien ihm Freude zu bereiten, mir schlechte Nachrichten zu bringen. War ich denn nun seine Frau oder nicht?«

»In gewissem Sinn, bestimmt.«

»Bin ich die Mutter seiner Kinder?«

Jeanne seufzte.

»Aber ja! Aber ja, Louise! Wir wollen uns doch nicht streiten. Ich weiß nicht, weshalb wir überhaupt darüber reden.«

»Gib zu, dass du es mir übel nimmst.«

»Was?«

»Alles. Alles, was du weißt, meine Art, die Art, wie Henri und Mad sich benehmen. Ich merke schon, dass du mich dafür verantwortlich machst.«

»Was wirst du jetzt tun?«

»Kann ich denn etwas anderes tun als das, was der

Notar gesagt hat? Hast du einen Vorschlag? Ich habe ja nicht einmal das Geld, um für uns alle die Fahrkarten zu bezahlen, wenn wir die Stadt verlassen. Vielleicht wäre es mir erlaubt, meinen Schmuck zu verkaufen, aber ich besitze so gut wie keinen. Zur Not wird mir meine Cousine ein paar Tausend Francs leihen, mir eine lange Predigt halten und mich Wechsel unterschreiben lassen. Du kennst sie, sie war gestern bei der Beerdigung. Sie ist ebenso geizig wie reich.«

»Wann willst du mit Henri und Madeleine sprechen?«

»Ich weiß es nicht. Ich wollte gerade dich bitten, es zu tun. Sie scheinen zu dir mehr Vertrauen zu haben als zu mir. Henri war heute Morgen beinahe höflich zu mir, nachdem du mit ihm gesprochen hattest, und Mad ist nicht wiederzuerkennen, seit sie aus deinem Zimmer gekommen ist. Ich frage mich nur: Was geschieht mit Désirée?«

»Mach dir keine Sorgen. Sie wird uns heute Abend oder morgen verlassen. Sie erwartet keine Bezahlung.«

»Und du? Was wirst du tun?«

»Du hast gehört, wozu mich Monsieur Bigeois verurteilt hat: weiterleben wie bisher. Ich bin ja daran gewöhnt.«

»Wie weiterleben? Warum bleibst du nicht bei uns?«

Darauf wollte sie also hinaus. Sie schien ganz ruhig auf Jeannes Antwort zu warten.

»Und du hast keine Angst davor, noch einen Mund mehr stopfen zu müssen von dem, was deine Kinder verdienen?«

»Ich werde auch arbeiten.«

»Was denn?«

»Ich weiß noch nicht. Gesellschaftsdame oder Kassiererin, irgendetwas. Und du hältst das Haus in Ordnung.«

»Mit meinen dicken Beinen?«

»Du hast selbst gesagt, dass es in ein paar Tagen verschwindet.«

»Und wenn es wieder anfängt?«

»Werden wir dich pflegen.«

»Ich werde darüber nachdenken, Louise, das verspreche ich dir. Ich hatte schon daran gedacht. Ich habe seit heute Morgen an nichts anderes mehr gedacht.«

»Du redest auf einmal wie Mad.«

»Wie meinst du das?«

»Wie Mad, als sie herunterkam. Sie schien sich plötzlich ganz leicht zu fühlen und keine Probleme mehr zu haben. Das wenige, was sie mir sagte, sagte sie so nebenbei, als sei es ganz unwichtig. Und du siehst auch aus, als nähmst du alles nicht mehr so ernst. Du liegst da und machst Scherze.«

»Ich mache keine Scherze, Louise. Nur stehen mir, genauso wie dir, jetzt deutlich weniger Wege offen, und bald wird es nur noch einen geben, den ich, ob ich will oder nicht, werde gehen müssen.«

Ihr Gesicht verdüsterte sich, weil ihr die drei Lösungen des Notars wieder in den Sinn kamen, die, für die ihr Bruder sich entschieden hatte, vor allem aber die, welche er verworfen hatte.

»Geh essen. Die Kinder warten schon auf dich. Schick sie mir nachher gleich hoch.«

»Beide zusammen?«

Sie überlegte einen Augenblick.

»Warum nicht? So wie es jetzt um uns steht …«

Es war nun nicht mehr nötig, wie auf Eiern zu gehen.

9

Als Doktor Bernard um halb neun eintraf, musste er über den Hof und durch die Küche gehen, denn wegen der Aufregung im ganzen Haus hatte niemand den Klopfer gehört. Man hätte meinen können, die Familie sei kurz vor der Abreise in die Ferien. Alle Fenster standen offen, gleichsam symbolisch, Türen schlugen, und der Luftzug wirbelte Papiere durcheinander. Koffer und Taschen lagen in den Zimmern und auf den Treppen herum, und die Stimmen hallten wider, als sei das Haus schon ganz leer. Selbst Louise, die noch Morgenrock und Pantoffeln trug, nahm teil an dieser hektischen Geschäftigkeit, in der etwas wie eine Freude an der Zerstörung lag.

Es hätte nicht viel gefehlt, und sie hätten voller Begeisterung das Geschirr zerschlagen.

Angefangen hatte es am Tag zuvor, gleich nach der Unterredung, die Jeanne mit ihrem Neffen und ihrer Nichte gehabt hatte, und sogar diese Unterredung war in fast fröhlichem Ton, zumindest aber mit Erleichterung geführt worden. Louise hatte sich zu Unrecht davor gefürchtet, so wie sie sich vor allem fürchtete. Jeanne wusste sehr wohl, dass die Nachricht von einem Umzug, welcher Art auch immer, als ein Glücksfall, um nicht zu sagen als eine Befreiung, begrüßt werden würde.

»Das Haus wird verkauft«, hatte sie begonnen und die beiden beobachtet.

»Wo werden wir wohnen?«

Und Mad hatte sofort gefragt:

»Kommen Sie mit uns?«

Aber das musste nicht unbedingt heißen, dass sie es begrüßen würde. Vielleicht hatte sie auch etwas Angst, ständig einen Zeugen an ihrer Seite zu haben, nachdem sie so viel erzählt hatte.

»Ich weiß es noch nicht.«

»Wann ziehen wir aus?«

»Wahrscheinlich morgen. Das hängt davon ab, ob eure Mutter heute auf ihrem Bittgang Erfolg hat.«

Denn Louise war gerade in großem Trauerstaat unterwegs zu ihrer alten Cousine, die etwas außerhalb der Stadt wohnte.

»Werden wir nie mehr hierher zurückkommen?«

»Nein.«

»Ziehen wir nach Paris?«

»Nach Paris oder nach Poitiers. Der Notar hat heute Morgen schlechte Nachrichten gebracht. Ihr seid ruiniert.«

»Ah!«

Sie konnten sich unter dem Wort noch nichts Rechtes vorstellen.

»Es muss alles verkauft werden, ausgenommen eure ganz persönlichen Sachen.«

»Das Auto auch?«

»Das Auto auch.«

»Wie sollen wir denn dann umziehen?«

»Mit der Eisenbahn.«

Als sie von der Pfändung gesprochen hatte, war das Interesse der beiden noch nicht allzu groß gewesen, als sie aber erklärt hatte, dass kein Geld mehr da war, hatte Henri sofort gesagt:

»Ich werde arbeiten.«

»Deine Mutter zählt auf dich. Und auf Mad auch.«

»Ich werde mir eine Stelle als Reporter suchen. Können wir schon packen?«

Das begeisterte sie. Die Zelte abbrechen. Abreisen. In ihrer Ungeduld, auf der Stelle ein neues Leben anzufangen und nichts von ihrem alten Leben übrig zu lassen, hätten sie ohne Reue das ganze Haus verwüstet.

»Hilfst du mir, die Koffer runterzubringen, Mad?«

»Bringt sie runter, wenn ihr wollt, aber lasst noch welche oben für eure Mutter.«

Bei Louises Rückkehr waren sie schon sehr beschäftigt und riefen ihr fröhlich zu, als ob sie es noch nicht wüsste:

»Wir ziehen aus!«

Henri sagte mit Nachdruck:

»Lass uns nach Paris gehen, Maman. Ich will Reporter werden, und in Paris habe ich die Chance, bei einer Zeitung zu arbeiten.«

»Wir gehen nach Poitiers.«

»Warum?«

»Weil wir in Poitiers eine Wohnung haben.«

Sie stieg zu Jeanne hinauf, um sie ins Bild zu setzen. Auch Louise schien schon alle Beziehungen zu dem Haus abgebrochen zu haben, sie lief darin herum, als gehöre es ihr nicht mehr.

»Ich hatte direkt Glück, weißt du. Meine Cousine Marthe ist insgeheim froh über das, was geschehen ist. Sie hat die Martineaus nie gemocht. Es war ein alter Streit zwischen ihr und ihnen, und jetzt fühlt sie sich gewissermaßen als Siegerin.

›Ich habe das deinem Vater schon immer gesagt!‹, triumphierte sie. ›Ich wusste, dass es so enden würde.‹

Und deshalb habe ich mehr erreicht, als ich erhofft hatte, vor allem als ich ihr von Roberts Verhältnis erzählt habe.«

»Das hast du ihr gesagt?«

Jeanne war klar, dass sie das aus Berechnung, aus kluger Taktik getan hatte, um der alten Dame noch mehr Vergnügen zu machen und sie in Geberlaune zu versetzen.

»Sie hat mir eine Wohnung in einem ihrer Häuser in Poitiers angeboten, die gerade frei ist. Ihr gehört beinahe die ganze Stadt. Die Wohnung liegt in einem Arbeiterviertel nahe an der Bahnlinie, aber es ist besser als nichts. Ich hatte am meisten Angst davor, auf der Straße zu sitzen.«

»Musst du Miete bezahlen?«

»Sobald ich dazu in der Lage bin, natürlich.«

»Hat sie dir Geld gegeben?«

»Ein wenig.«

Sie nannte keine Summe, was vermuten ließ, dass sie mehr als die paar Tausend Francs erhalten hatte, mit denen sie am Morgen gerechnet hatte. Es war jetzt ihr eigenes Geld, und sie begann schon, es zu verteidigen.

»Die Kinder scheinen die ganze Sache von der heiteren Seite zu nehmen.«

»Sie bilden sich ein, es handle sich um eine Vergnügungsreise, um eine Art Picknick. Henri weint nur dem Auto nach.«

»Hast du dich schon entschieden?«

»Ich muss erst mit Doktor Bernard sprechen.«

»Wann kommt er?«

»Morgen früh.«

»Ich habe meiner Cousine gesagt, dass wir morgen am späten Vormittag ausziehen werden, damit wir nicht mehr hier sind, wenn die Siegel angebracht werden und es im ganzen Ort bekannt wird. Ich werde jetzt meine Sachen zusammenpacken. Brauchst du noch etwas?«

Sie arbeiteten bis spät in die Nacht hinein, und von draußen musste es merkwürdig aussehen, dass alle Fenster hell erleuchtet waren. Désirée war eine Stunde weg gewesen, um sich an einem Ort vorzustellen, wo eine Köchin gesucht wurde, denn sie hatte bereits begonnen, die Kleinanzeigen zu studieren.

»Ich fange übermorgen bei meiner neuen Stelle an. Ich hoffe, es wird nicht zu schwierig werden, obwohl die Chefin fast taub ist. – Reist du zusammen mit ihnen ab?«

»Ich weiß es noch nicht, Désirée.

Im Augenblick sind alle Feuer und Flamme. In zwei

Tagen, wenn die neue Wohnung sauber gemacht werden muss, das Essen zu kochen und das Geschirr zu waschen ist, werden sie anfangen, sich schief anzusehen und zu streiten. Ich habe Alice und ihr Kind noch nicht gesehen.«

»Monsieur Fisolle hat sie abgeholt. Alice hatte ihren Vater angerufen. Er muss ein Taxi genommen haben, vielleicht hat ihn auch ein Freund hergefahren. Ich habe jedenfalls ein Auto vorfahren hören. Er ist nicht hereingekommen, hat mit niemandem gesprochen und unter dem Torbogen gewartet. Seine Tochter musste ihr Gepäck selbst herunterbringen. Ich glaube nicht, dass sie sich verabschiedet hat.

Die sind wir los! Was soll ich dir zum Essen bringen?«

Als Désirée mit dem Abwasch fertig war, kam sie wieder zu Jeanne und setzte sich vor dem Schlafengehen noch an ihr Bett.

»Tun deine Beine weh?«

»Nicht wenn ich im Warmen liege. Sie fühlen sich bloß an, als wären sie aus Blei.«

»Du hast natürlich weder Ersparnisse noch eine Pension, und so wird dir gar nichts anderes übrig bleiben, als mit ihnen zu gehen. Aber du tust mir leid! Du wirst es schlimmer als ein Dienstmädchen haben. Wenn du wieder laufen kannst, werden sie dir die ganze Hausarbeit aufbürden, und solltest du wieder krank werden, wird niemand da sein, der dich versorgt. Und außerdem werden sie dir, wie ich sie jetzt kennengelernt habe, sehr bald vorwerfen, dass du ihnen auf der Tasche liegst. Das ist übrigens immer so. Meine Schwiegermutter hatte überall

Banknoten versteckt, weil sie von niemandem abhängig sein wollte. Ich möchte wissen, was aus ihr geworden wäre, wenn sie keine Reserven gehabt hätte. Ihr Mann hatte bis zu seinem Tod alles aufgezehrt.«

Sie fühlte sich jetzt auf gleicher Stufe mit Jeanne und machte sich das zunutze. Sie hatten die Rollen getauscht, denn ihre eigene Zukunft war mehr oder weniger gesichert.

»Hast du deine Hotelrechnung schon bezahlt?«

»Noch nicht. Das hätte ich doch um ein Haar vergessen.«

»Ich glaube, ich an deiner Stelle würde mich von der Wohlfahrt aufnehmen lassen. Es gibt Häuser, wo man es sehr gut hat.«

Sie hatte wohlweislich nicht von einem Altersheim gesprochen.

»Auf diese Weise schuldet man wenigstens keinem was. Ich sehe nicht ein, dass du für die anderen arbeitest.«

»Ich werde es mir überlegen, Désirée.«

»Du hast ein komisches Leben gehabt, mal oben, mal unten.«

»Ja.«

»Stimmt es, dass Lauer dich nicht geheiratet hat?«

»Wer hat dir das gesagt?«

»Die Kinder haben davon gesprochen. Ich war ganz überrascht. Sie müssen es von ihrer Mutter erfahren haben.«

»Und die hat es von Notar Bigeois!«, ergänzte Jeanne. »So etwas spricht sich schnell herum. Es stimmt.«

»Warum? Hat er dich nicht geliebt? Ich dachte, ihr hättet bis zu seinem Tod zusammengelebt.«

»Wir haben zusammengelebt. Nur – er war schon verheiratet.«

»Hat er seine Frau verlassen? Warum?«

»Er behauptete, es sei ein Irrtum gewesen. Er hielt die Ehe für nicht so wichtig. Ich auch nicht. Ich bin nicht von hier weggegangen, um zu heiraten.«

»Aber als du weggingst, wusstest du, dass du mit ihm leben würdest?«

»Ich wäre in jedem Fall weggegangen.«

»Was hättest du denn gemacht?«

»Irgendwas. Ich wollte eine unabhängige Frau sein. Ich war stolz.«

»Das bist du immer noch, nicht wahr?«

»Glaubst du? Schon möglich. Stolz oder sehr anspruchslos. Das kommt vielleicht auf dasselbe raus. Lauer habe ich kennengelernt, als er bei seiner Tante Ferien machte.«

»War er nicht viel älter als du?«

»Nicht viel. Zehn Jahre. Er schrieb für Zeitungen und interessierte sich für eine Unmenge Dinge. Er war wirklich sehr klug und kultiviert.«

»Warum seid ihr nach Südamerika gegangen?«

»Das war so ein Einfall. Eines Abends hatte ihm jemand in einer Bar vorgeschlagen, dort die Leitung einer Zeitung zu übernehmen, die einige Exportkaufleute gründen wollten. Er hat zugestimmt. Wir haben uns eine Woche später eingeschifft mit gerade so viel Geld, dass wir die Überfahrt bezahlen konnten. In Buenos Aires war uns welches versprochen worden. Das amüsiert dich?«

»Ich hatte mir dein Leben anders vorgestellt.«

»Es gab Höhen und Tiefen. Die Zeitung ist nie erschienen, und wir haben lange Zeit in einer schmutzigen Absteige gewohnt und uns gefragt, ob das Konsulat nicht verpflichtet sei, uns wieder nach Hause zu bringen. Dann hat Lauer doch noch eine Zeitung gegründet, eine politische Zeitung, und danach kam die Geschichte mit den fünfzehntausend Gewehren. Es ist eine hübsche Geschichte, aber es würde zu lange dauern, sie dir in allen Einzelheiten zu erzählen. Damals waren die Länder in Südamerika und verschiedene Parteien innerhalb eines jeden Landes ständig auf der Suche nach Waffen für Kriege oder Staatsstreiche.

Das war ein lukratives Geschäft, es gab dabei nur eine Schwierigkeit, und die bestand darin, sie an die Käufer auszuliefern. Jemand, wieder in einer Bar, denn damals verbrachten wir die meiste Zeit in Bars und Hotels, hatte Lauer erzählt, er habe fünfzehntausend Gewehre an Bord eines Schiffes in ich weiß nicht mehr welchem Hafen, und ihm eine dicke Provision versprochen, wenn es ihm gelingen würde, sie zu verkaufen.

Das Problem war nur, sie ungeachtet der Vorschriften von dem einen Hafen in einen anderen zu bringen.

So haben wir angefangen, Gewehre zu verkaufen. Ich sage ›wir‹, denn ein paarmal habe ich dabei auch eine Rolle spielen müssen.«

»Warum lachst du?«

»Es war beinahe wie in einer Operette. Aus der Ferne gesehen, ist es schon komisch. Komisch und jämmerlich. Diese Gewehre, die ich nie gesehen habe, die es vielleicht in Wirklichkeit nie gegeben hat, die haben wir – ich weiß nicht, wie oft – an die unterschiedlichsten Parteien verkauft. Wir lebten von den Gewehren manchmal geradezu in Saus und Braus, wie wir es nannten. Das Schiff, auf dem sie sich befanden oder befinden sollten, fuhr unter griechischer Flagge und kreuzte lange Zeit an der Küste zwischen Panama und Feuerland, ohne dass es ihm gelungen wäre, seine Ladung loszuwerden.

Wir kassierten unsere Provision, und dann tauchte jedes Mal im letzten Moment ein Hindernis auf, ein Wirbelsturm, eine Revolution, eine Ermittlung oder eine neue Polizeikontrolle.«

»Hat Lauer das extra gemacht?«

»Vielleicht. Wir wurden mit großem Pomp von Ministern und Generälen empfangen, und dann mussten wir uns schleunigst in eine andere Gegend absetzen. Am Ende blieb uns nichts anderes übrig, als den Kontinent zu verlassen, sonst wären wir im Gefängnis gelandet oder wegen Unterstützung der Rebellen erschossen worden.

Wir haben uns nach Havanna eingeschifft, und Lauer, der sehr gut aussah, ist es gelungen, den französischen Gesandten zu beeindrucken, sodass er uns eine Zeit lang unter seinen Schutz stellte. Für die Leute war ich Madame Lauer. Jetzt ging es nicht mehr darum, eine Zeitung, sondern ein Magazin herauszugeben, das in allen lateinamerikanischen Ländern profranzösische Propaganda machen sollte.«

»Und dann musstet ihr doch wieder weg?«

»Nach Kairo und ohne unser Gepäck, denn wir schuldeten unserem Hotel die Miete für wer weiß wie viele Wochen.«

»Warst du nicht unglücklich?«

»Ich hatte es ja gewollt.«

»Hast du ihn noch geliebt?«

Jeanne sah sie an, ohne direkt zu antworten.

»Ich kannte ihn zu gut! Ich kannte alle seine kleinen Schwächen und seine ganze Niedertracht, und die besaß er, weiß Gott!«

»Hast du es ihm gesagt?«

»Ja.«

»Habt ihr euch gestritten?«

»Fast jede Nacht. Dann hat er mich geschlagen.«

»Und du hast dir das gefallen lassen?«

»Manchmal habe ich ihm meine Meinung gesagt, damit er mich schlägt.«

»Das verstehe ich nicht.«

»Das macht nichts. Ich bin aus freien Stücken von hier weggegangen, nicht wahr? Vergiss das nicht. Wenn man anfängt unterzugehen, ist es manchmal ein Hochgenuss, immer tiefer zu sinken.«

»Etwa so, als ob ich mich zu meinem Vergnügen als Serviererin verdinge, obwohl ich es nicht nötig habe?«

»Wenn du so willst.«

»Du hast ihn nicht geliebt, aber du bist bei ihm geblieben und hast ihm wie ein Hund gehorcht.«

»Ja. Wir haben alle beide getrunken, vor allem in den letzten Tagen seines Lebens. Wir haben jeweils erst die halbe Nacht getrunken und uns dann gestritten. Er starb innerhalb von drei Wochen an einer Rippenfellentzündung im Krankenhaus.«

»Und hat dir nichts hinterlassen. Hast du danach bei den Belgiern angefangen?«

»Ungefähr. Nicht sofort.«

Sie wurde rot und schwieg. Sie hatte es zunächst mit einer anderen Form des Lebensunterhalts probiert, aber sie zog es vor, nicht darüber zu sprechen, nicht einmal daran zu denken.

»Das ist alles, Désirée. Geh schlafen. Ich war dir das schuldig. Du hast mir einen großen Dienst erwiesen, und du hast schon lange darauf gewartet. Du weißt jetzt, dass ich es so gewollt habe, und das ist immerhin ein Trost.«

Désirée blieb noch einen Moment in Gedanken versunken an der Tür stehen und seufzte:

»Im Grunde bist du eben doch eine Martineau!«

»Kommen Sie herein, Doktor. Seien Sie so nett und schließen Sie die Tür. Ich werde Ihnen ein paar Fragen stellen, die niemand zu hören braucht. Es ist schon lange her, dass Sie im Haus so viel Leben gesehen haben, nicht wahr?«

»Ziehen Sie mit ihnen zusammen aus?«, fragte er und schlug die Decke zurück.

»Ich möchte zuerst wissen, was Sie von meinen Beinen halten. Sie sind seit gestern etwas abgeschwollen und fangen jetzt an, blau zu werden. Vorhin habe ich es geschafft, ganz allein bis zur Toilette zu gehen.«

Er drückte mit den Fingerspitzen auf verschiedene Stellen, die unter dem Druck weiß wurden, und beobachtete mit gerunzelter Stirn, wie die Flecken langsam wieder verschwanden.

»Ich möchte Ihr Herz gründlich untersuchen.«

Zehn Minuten war er damit beschäftigt, legte ein Tuch auf die nackte Brust, später auf den Rücken, und ließ Jeanne atmen, tief, noch tiefer, weniger tief, dann den Atem anhalten und erneut durchatmen.

»Nun, Doktor?«

»Sie haben recht. Es ist nicht schlecht. Ich glaube nicht, dass ein Elektrokardiogramm nötig sein wird.«

»Was beunruhigt Sie?«

»Ich habe Sie nach Ihren Plänen gefragt. Unten sagte man mir, dass Ihre Schwägerin und die Kinder im Begriff sind, nach Poitiers aufzubrechen.«

»Das ist richtig. Und ich bin in diesem Zustand nicht reisefähig, stimmt's?«

»Allerdings. Sie können unter den gegebenen Umständen diese Reise unmöglich antreten. Aber da Sie auch nicht hierbleiben können, werde ich veranlassen, dass Sie noch heute in ein Krankenhaus eingeliefert werden.«

Er warf ihr einen Blick zu, weil er annahm, sie würde bei dem Wort »Krankenhaus« aufbegehren, weinen, sich beklagen und sich widersetzen, aber sie lächelte ihm zu.

»Setzen Sie sich einen Moment, Doktor.«

»Ich muss noch eine Reihe Besuche machen. Ich habe nur wenige Minuten Zeit.«

»Sie waren es doch, der mich seit Sonntag etwas fragen wollte. Sie haben es nicht getan, weil Sie fürchteten, mich zu verletzen oder mir Kummer zu machen. Vielleicht auch weil Sie nicht den Eindruck erwecken wollten, sich für das Privatleben Ihrer Patienten zu interessieren. Ich werde es Ihnen leicht machen, indem ich Ihnen eine präzise Frage stelle. Angenommen, ich stehe wieder auf und fange an zu arbeiten, so wie ich es in den letzten Tagen getan habe. Wie lange wird es dauern, bis ich einen Rückfall erleide?«

»Einige Wochen höchstens.«

»Und danach?«

»Sie werden sich hinlegen, wieder aufstehen und erneut gezwungen sein, im Bett zu liegen. Das wird immer häufiger geschehen, vor allem im Sommer.«

»Werde ich ungefähr die Hälfte der Zeit liegen müssen?«

»Nicht sofort.«

»Und später?«

»Es wird im Laufe der Jahre schlimmer werden.«

»Wie viele Jahre, bis ich gar nicht mehr aufstehen kann?«

»Das hängt davon ab, wieweit Sie sich schonen. Wenn Sie mit ihnen gehen, fünf Jahre höchstens. Andererseits …«

»Reden Sie!«

»Wenn Sie sie nicht begleiten, frage ich mich, was aus dem Jungen und seiner Schwester wird.«

»Was täten Sie an meiner Stelle?«

»Gestatten Sie mir, darauf nicht zu antworten.«

»Ich bin also beinahe in derselben Lage wie mein Bruder. Auch ich muss mich zwischen zwei Möglichkeiten entscheiden, wie Maître Bigeois heute Morgen sagte, als er von meinem Bruder sprach; zwischen drei, genau genommen. Ein Heim, wo ich in Frieden leben könnte und wo man meine Beine pflegen würde, oder die Familie, wo ich das Dienstmädchen wäre und immer wenn ich krank würde, eine unerträgliche Last wäre.«

»Ja.«

»Von der dritten rede ich nicht.«

»Nein.«

»Ich glaube, der Notar hat Robert seine Entscheidung übel genommen.«

»Er hatte etwas anderes erhofft.«

»Dass er weggehen würde, ich weiß. Und Sie?«

»Wir haben nicht unbedingt dieselben Ansichten, Monsieur Bigeois und ich.«

»Finden Sie, dass Robert richtig gehandelt hat?«

»Ich bin Katholik.«

»Das hätte für ihn Gefängnis bedeutet, also für mich das Heim.«

»Als Arzt ist es meine Pflicht, Ihnen dazu zu raten.«

»Aber als Mensch und Katholik würden Sie es für richtiger halten, dass ich den Rest meines Lebens darauf verwende, etwas Ordnung in die Familie zu bringen.«

»Sie können das.«

»Ich kann sie mit List und Mühe daran hindern, sich selbst und sich gegenseitig zu zerstören. Ich kann Louise eine Zeit lang daran hindern zu trinken und vor allem vermeiden, dass ihre Krisen zu einem Affentheater werden, das ihrer Umgebung auf die Nerven geht. Wer weiß? Ich kann, wenn es sein muss, im Laufe der Jahre erreichen, dass Henri sich damit abfindet, nur ein kleiner Angestellter zu sein, Geschmack an seiner Mittelmäßigkeit bekommt und stolz auf seine Arbeit ist. Das ist wohl die Rolle, in der Sie mich sehen, nicht wahr? Ich kann vielleicht sogar Mad dahin kriegen, einen braven Burschen zu heiraten, ohne dass sie ihm gleich ihre eigene Schlechtigkeit vorheult. Louise wird mich allmählich immer mehr hassen, mich aber rücksichtsvoll behandeln, um nicht den Abwasch machen zu müssen, um kein Gezänk um sich herum zu hören und aus Furcht, eines Tages allein zu sein. Die Kinder werden mir sehr bald die Geständnisse verübeln, die sie mir gemacht haben und noch machen werden, wenn sie nicht weiterwissen oder sich auch nur interessant machen wollen.

Ich werde Tante Jeanne sein, die Erste am Morgen, die Letzte am Abend, der man alles sagen kann, von der man alles verlangen kann und die immer gleich gelassen bleibt. Und später, wenn Henri oder Mad Kinder haben werden …«

»Ich muss mich jetzt leider von Ihnen verabschieden«, sagte der Doktor und erhob sich.

»Ich nehme an, am Samstag hat Maître Bigeois meinen

Bruder am Ende auch unterbrochen. Keine Angst, das soll keine Drohung sein.«

»Mein Beruf besteht darin, Kranke zu versorgen.«

»Ich weiß. Und über Ihre Brillengläser hinweg werfen Sie einen zurückhaltend neugierigen Blick auf die Männer und Frauen, die ja auch Menschen sind.«

»Ich werde Ihnen am späten Vormittag den Krankenwagen schicken, und wir werden die Unterhaltung im Krankenhaus fortsetzen.«

»Sie vergessen, dass ich mittellos bin und in einem Saal liegen werde.«

Er hatte die Hand auf den Türknauf gelegt, zögerte aber zu gehen.

»Auf jeden Fall …«, begann er.

Dann unterbrach er sich.

»Ich will Sie nicht beeinflussen. Wir sehen uns dort.«

»Ich würde nichts lieber tun, als bei dir zu bleiben und dich zu pflegen, Jeanne. Aber du kennst die Lage ebenso gut wie ich. Versprich mir, dass du auf jeden Fall zu uns kommst. Ich habe dir unsere Adresse in die Handtasche gesteckt. Es gibt dort kein Telefon. Du brauchst nur ein Telegramm zu schicken, und Henri holt dich am Bahnhof ab. Der ist ganz in der Nähe.«

Mad küsste ihre Tante auf die Wange und flüsterte ihr ins Ohr:

»Ich hab Sie so gern. Ich möchte, dass Sie kommen.«

»Auf bald, Tante«, sagte Henri und sah durch das Fenster dem Lastwagen nach, der mit den Koffern abfuhr.

Das Hoftor hatte sich kaum geschlossen, als Désirée erschien und mit Erleichterung bemerkte:

»Na endlich! Das Haus ist leer, und alles, was darin ist, alle Möbel, aller Kleinkram, all diese Geräte, die so viel gekostet haben und derentwegen ein Mann sich so viele Sorgen gemacht hat, all das gehört jetzt sozusagen niemandem mehr. Morgen werden sie hier anfangen, zu schnüffeln und die Schränke und Schubladen aufzuziehen. Ich kenne das von uns, weil ich bis zum Schluss dageblieben bin und bei der Versteigerung dabei war. Es gibt Leute, die kommen nur zu ihrem Vergnügen und wissen im Voraus, dass sie nichts kaufen werden.«

»Was sagt Monsieur Sallenave?«

»Er kommt mir vor wie ein herrenloser Hund. Gott weiß, warum er immer noch über seinen Büchern sitzt und sich damit herumplagt, als ob er seine Schulaufgaben ganz sauber und ohne ein durchgestrichenes Wort abzuliefern hätte. Und du? Hast du dich entschieden?«

»Noch nicht ganz.«

»Eine Einrichtung von der Wohlfahrt, glaub mir! Die schlechteste ist immer noch besser als das andere. Hör nicht auf den Doktor.«

»Woher weißt du, was Doktor Bernard meint?«

»Das steht ihm ins Gesicht geschrieben. Ich kenne solche Leute. Ich bin sicher, bei ihm findest du nicht ein Körnchen Staub, und das Mädchen hat keinen Abend in der Woche frei.«

»Désirée!«

»Was willst du?«

»Du weißt doch, wo der Wandschrank ist?«

»Der mit den Flaschen?«

»Ja.«

»Na und?«

»Widersprich jetzt nicht, und verlange keine Erklärung. Louise hat bestimmt nicht daran gedacht. Du hast mir gesagt, da stünden noch drei volle.«

»Du willst? ...«

»Dass du mir eine bringst, ja. Ein Glas brauchst du nicht aus der Küche zu holen, ich nehme mein Zahnputzglas.«

»Möchtest du wirklich, dass ich das tue?«

»Ja.«

»Was werden sie sagen, wenn du im Krankenhaus ankommst und sie deinen Atem riechen?«

»Na, die sind doch daran gewöhnt!«

»Bestehst du darauf?«

»Ich bestehe darauf. Hab keine Angst.«

Als sie Désirées Schritte auf der Treppe hörte, lächelte sie verschmitzt.

»Gib her! Ich mach sie selbst auf. Ich kann das besser als du. Bring mir das Glas, das drüben am Waschbecken steht.«

Ihre ehemalige Mitschülerin sah ihr neugierig, entsetzt und enttäuscht zu, aber nach allem, was Jeanne ihr aus ihrem Leben erzählt hatte, war sie nicht überrascht.

Sie hatte sich zu Anfang von Jeanne beeindrucken lassen, aber das war vorbei.

»Nimmst du kein Wasser?«

Es war kein schöner Anblick, die dicke alte Frau mit großen Schlucken, die ihr die Kehle verbrannten, aus ihrem Zahnputzglas trinken zu sehen. Plötzlich fing sie an zu husten und machte ihrer Freundin ein Zeichen, ihr auf den Rücken zu klopfen, stöhnte einen Moment mit heiserem Atem, stieß zuletzt einen Seufzer aus und lächelte gleich darauf wieder ihr eigenartiges Lächeln.

»Jetzt geht's besser.«

»Willst du dich besaufen?«

»Ich weiß nicht. Warum?«

»Willst du das?«

Sie antwortete nicht. Dann sagte sie nach einer Pause – und hatte dabei immer noch diesen beseligten und gleichzeitig furchtbar spöttischen Ausdruck im Gesicht:

»Ich muss eine Entscheidung treffen, nicht wahr?«

»Du willst es doch wohl nicht wie dein Bruder machen?«

»Nein. Bestimmt nicht.«

Ihre Haut war gerötet, ihre Augen glänzten feucht.

»Ich glaube, ich werde nicht ins Altersheim gehen.«

Sie führte jetzt Selbstgespräche, und Désirée war für sie nur noch eine schwarz-weiße Silhouette im Sonnenlicht.

»Ihr seid zu komplizierte Leute für mich.«

»Hör mir mal zu …«

»Natürlich hör ich dir zu! Aber ich muss erst nachsehen, ob der Krankenwagen schon unten ist.«

»In acht oder zehn Tagen, wenn ich wieder auf meinen

Beinen stehen kann, werde ich zu ihnen gehen. Ich wette, das wird sogar schon früher sein.«

»Du bist wie alle andern auch, gib es zu. Du hast Angst, allein zu bleiben.«

»Nein.«

»Und du hast auch keine Angst zu sterben?«

Jeanne lächelte immer noch, und dieses Lächeln reizte Désirée so, dass sie in Versuchung geriet, gemein zu werden.

»Du bist zu stolz, um ins Altersheim zu gehen!«

»Aber nein.«

»Du willst mir doch nicht weismachen, du tätest es ihnen zuliebe?«

»Es ist gar nicht sicher, dass ich ihnen damit einen Gefallen tue. Ich glaube, ich habe den Notar schon richtig verstanden. Er ist schon länger auf der Welt als ich. Jeder sieht schließlich, wo er bleibt, und richtet sich sein Leben nach seinem Geschmack ein.«

»Man tut, was man kann!«, entgegnete Désirée spitz.

»Man tut, was man kann, das sage ich ja. Man versucht, so gut es geht, mit sich selbst in Frieden zu leben.«

»Lebst du denn in Frieden mit dir?«

»Ich konnte es, als ich Bob die Treppe hinuntertrug und aufpassen musste, dass nicht irgendwo im Haus eine Katastrophe passiert.«

»Es hat alles nichts genutzt. Es ist wie mit deinem Hausputz am Mittwochabend nach der Beerdigung. Wenn ich daran denke, wie du …«

»Was verstehst du davon?«

»Gib zu, es ist fast so wie mit Lauer, und du tust es, um …«

»Um morgens als Erste aufgestanden zu sein und den Kaffee fertig und den Tisch gedeckt zu haben, wenn die anderen aufstehen, um die Fußböden sauber zu haben und das Haus wohnlich, um die Arme ins Abwaschwasser zu stecken und um in dem Augenblick, wenn ich vor Müdigkeit fast umfalle, festzustellen, dass ich noch nicht fertig bin, dass man nie fertig ist, um an die Aufgaben für den nächsten Tag zu denken und auf den Schlaf der anderen zu horchen, wenn ich ins Bett sinke und meine, vor Erschöpfung sterben zu müssen …«

»Um Sklave zu sein, jawohl! Man merkt, dass du nicht lange genug bei anderen Leuten gedient hast und dass du sie nicht kennst.«

»Es geht nicht um andere Leute, es geht um …«

Sie goss sich ihr Glas mit Cognac voll und betrachtete es mit einer Art melancholischem Jubel.

»Du siehst, es ist der Letzte. Ich hatte einfach Lust, es noch einmal zu versuchen und …«

Sie benetzte ihre Lippen mit dem Cognac und warf dann das Glas mit einer ruhigen Bewegung auf den Fußboden.

»Wie du gesagt hast, das Haus gehört keinem mehr, und wir brauchen es nicht sauber zu machen. Kommt da nicht der Krankenwagen?«

»Soll ich sie raufkommen lassen?«

»Ja. Hab keine Angst. Ich werde brav sein. Sie werden sich vielleicht wundern, wenn sie meinen Atem riechen, aber von morgen an werde ich im Krankenhaus die Sanftmut selbst sein, und alle werden mich lieben. Ich werde mich so gut pflegen, dass ich schon in einer Woche wieder auf den Beinen bin, und dann werde ich zu ihnen ziehen. Ich habe genug Geld in der Tasche. Ich werde Tante Jeanne sein …«

Désirée hatte mit den Schultern gezuckt und war hinausgegangen. Die alte Frau war nun allein und lächelte nicht mehr. Sie sah sich ängstlich um, hörte die Schritte auf der Treppe, dann die Stöße der Trage gegen die Wände, und ihre Hände klammerten sich an die Bettdecke, als wollte sie sich im letzten Augenblick am Haus festhalten, an diesem Zimmer und an der kleinen Kommode, die sie zum letzten Mal ansah.

»Tante Jeanne …«, murmelte sie, wie man einen neuen Namen ausprobiert.

Zwei große Kerle musterten sie von oben bis unten, als wollten sie ihr Gewicht abschätzen, und wechselten einen Blick. Sie schloss die Augen. Der Dunklere der beiden sagte:

»Na, dann wollen wir mal!«

»Na, dann wollen wir mal!«, entgegnete der andere fröhlich.

Shadow Rock Farm, Lakeville (Connecticut), September 1950

DIE GROSSEN ROMANE
Band 92

Georges Simenon
Der Grenzgänger
Aus dem Französischen von Florian Kranz
288 Seiten, Taschenbuch
ISBN 978-3-455-01419-8
Atlantik Verlag

Heimatlos pendelt Steve Adams, Sohn einer französischen Serviererin und eines britischen Marineoffiziers, zwischen den Welten. Großgezogen von seinen Tanten, in den Ferien beim Vater in London und als Schüler im Internat, ist er doch immer nur zu Besuch und will nirgends so recht dazugehören. Aus dem armen Botenjungen in Paris wird bald ein gerissener Hoteldieb, der kein Mittel scheut, um in die höchsten Kreise zu gelangen. Doch was wird aus einem Menschen, der nirgends Wurzeln treibt? Ein großer Roman über einen getriebenen Mann und die Frage der Zugehörigkeit.

»Simenon lesen, das ist zum einen eine Erinnerung an die frühen Lesesüchte. Als Bücher noch eine Droge waren. Und Simenon lesen ist, als sähe man dem Leben direkt ins Auge.«
Hamburger Abendblatt

DIE GROSSEN ROMANE
Band 33

Georges Simenon
Zum Weißen Ross
Aus dem Französischen von Trude Fein
176 Seiten, Taschenbuch
ISBN 978-3-455-01344-3
Atlantik Verlag

Das Weiße Ross ist ein gut laufendes Restaurant an der Route Nationale, in dem sich die unterschiedlichsten Gäste tummeln. Als Monsieur Arbelet, der für eine Nacht mit seiner Familie in der Wirtschaft absteigt, beim abendlichen Kartenspiel über die Stränge schlägt, erkennt er in dem missmutigen Nachwächter seinen Onkel Félix: ein unliebsamer Verwandter, den die Arbelets nun so schnell nicht wieder loswerden. Und die Ereignisse im Weißen Ross spitzen sich zu – denn auch der Wirt ist ein Mann von unberechenbarem Wesen.

»Wenn es einem Autor gestattet ist, einen Wunsch auszusprechen, so lautet meiner, dass man mich nach der *Marie vom Hafen* und nach dem *Weißen Ross* bewerten möge.«
Georges Simenon